AF399496

Robin Fuchs, das sind Christian Handel, Jana Ronte, Nica Stevens und Andreas Suchanek. Gemeinsam schreiben die vier Autor:innen für Audible die Original-Reihe „Pech & Schwäfel".

PECH &
Schwäfel

Tot am Buffet

ROBIN FUCHS

Erstausgabe September 2022

Tot am Buffet

ISBN 978-3-98998-495-0
E-Book-ISBN 978-3-98998-441-7

Dieses Werk basiert auf dem audible Original „Pech & Schwäfel – Tot am Buffet" © Audible GmbH, Berlin

Covergestaltung: Buchgewand
Umschlaggestaltung: Thorsten Sohrmann
Unter Verwendung von Abbildungen von
shutterstock.com: © Pictrider, © Igillustrator
Lektorat: Jana Ronte
Satz: dp DIGITAL PUBLISHERS GmbH
Druck und Bindung: Books on Demand GmbH, Norderstedt

Prolog

Jutta ging zum Ausgang des Backstage-Zeltes und spähte hinaus. Auf dem Niederteerbacher Rathausplatz herrschte reges Treiben. Imbiss- und Getränkewagen, ein Schießstand, zwei Losbuden und ein Kinderkarussell hatten sich zu Harrys Fressoase gesellt und waren umgeben von Menschen. Es roch nach Zuckerwatte und Popcorn. Dem süßen Kram konnte Jutta nichts abgewinnen. Sie freute sich darauf, mit Maike, Mark, Zoe und ihren Enkelkindern nach ihrem Chorauftritt etwas Herzhaftes zu essen, wobei sie im Moment nicht sagen konnte, ob sie mehr Appetit auf Currywurst oder Reibekuchen hatte.

Ihre Familie saß vor der Bühne an einem der Biertische und wartete auf ihren Auftritt. Mark hatte den Arm um Zoes Schultern gelegt und flüsterte ihr etwas ins Ohr. Sarah saß neben ihnen und zog ein Gesicht, das deutlich machte, wie ungern sie gerade hier war. Vermutlich hätte sie etwas Besseres vorgehabt. Jutta schmunzelte, als sie die Zwillinge dabei beobachtete, wie sie kichernd um den Tisch herumrannten und sich gegenseitig zu fangen versuchten. Maike genehmigte sich trotz der 30 Grad im Schatten ein Kölsch.

»Na, hab ich zu viel versprochen?«, fragte ihr neuer Chorleiter und schaute über Juttas Schulter hinweg ebenfalls nach draußen. »Ganz Niederteerbach hat sich versammelt. Und da wir gegen den Chor aus dem

Nachbarort antreten, werden auch viele Oberteerbacher im Publikum sitzen«

Jutta war dem Chor beigetreten, kurz nachdem Maike nach Niederteerbach gezogen war. Vorher hatte sie dieses Dorf nicht einmal gekannt. Mit ihrem Kölner Chor hatte sie regelmäßig öffentliche Auftritte, mit diesem war es ihr erster. Sie spürte das Lampenfieber als heißes Kribbeln in sich aufsteigen, was wohl vor allem daran lag, dass ihre Familie heute zuschaute.

»Der Oberteerbacher Chor hat ein kleineres Backstage-Zelt und wird nicht verköstigt«, sagte Bürgermeisterin Graefe, die inmitten der anderen Chormitglieder am Büfetttisch stand und von der Käseplatte naschte. Sie strich ihr schickes Kostüm glatt und wandte sich dann dem Chorleiter zu. »Heute werden wir siegen, Herr Lindgraf ...« Sie stockte. »Äh, ich meine, wir werden singen.«

Jutta trat zu ihr und legte ihr eine Hand auf die Schulter. »Wir machen das schon. Trinken Sie mal einen Baldriantee. Oder Sie gehen vielleicht besser mal nach draußen? Im Zelt ist es ganz schön stickig. Nicht, dass Sie noch einen Hitzschlag bekommen. Ihr Talent, andere zu begeistern und zu ermutigen, wird noch gebraucht. Sie müssen schließlich gleich auf die Bühne.«

Die Graefe strahlte wie ein Freudenfeuer. Sie hatte Juttas Worte zweifellos als Kompliment aufgefasst. »Wir geben für Niederteerbach eben alle unser Bestes!«

Dietrich Lindgraf tupfte sich mit einem Tuch den Schweiß von der Halbglatze und trat beiseite, als sich ein kleiner Mann mit beachtlichem Bauch an ihm vorbei ins Zelt drängte.

»Bienchen, hier steckst du. Ich wollte mal nachschauen, ob die Trophäe inzwischen eingetroffen ist.«

Der Oberteerbacher Bürgermeister ging auf die Graefe zu und legte seine Hände auf ihre Arme. Sie wirkte im ersten Moment wie erstarrt, straffte dann jedoch die Schultern und lächelte ihn übertrieben freundlich an.

»Willy, du alter Schmeichler. Deine Wertschätzung in allen Ehren, aber als Trophäe würde ich mich nun nicht bezeichnen.«

Er ließ sie los und verschränkte die Arme vor der Brust, wobei sein Anzug an den Schultern zu reißen drohte. »Dein Liebreiz ist unvergänglich, aber ich meinte natürlich die andere antike Trophäe: den Taktstock.«

Für einen kurzen Moment entgleisten der Bürgermeisterin die Gesichtszüge. Dann legte sie den Kopf schräg und zupfte sein Einstecktuch zurecht. »Selbstverständlich, ich habe ihn persönlich hergebracht.« Mit dem Kinn deutete sie auf einen schmalen Metallkoffer, der auf einem Klappstuhl lag und so lang war, dass er über die Stuhlseiten hinaus ragte. »Aber mach dir keine allzu großen Hoffnungen, Willy. Der Taktstock wird auch in diesem Jahr unserem Chor als Sieger überreicht werden. Er gehört quasi zum Inventar meines Rathauses. Wir wissen beide, dass du schon in der Schule unmusikalisch warst und erst nachschlagen müsstest, wozu genau man diesen Gegenstand eigentlich nutzt.«

Der Oberteerbacher Bürgermeister kratzte sich am Kopf und brachte dadurch seinen Haaransatz in Bewegung. Seine unnatürliche Haarfarbe war Jutta sofort aufgefallen, und spätestens jetzt war sie sich sicher, dass er ein Toupet trug.

»Liebe Biene, ich war im Musikunterricht zwar nicht der Beste, aber ich meine mich zu erinnern, dass du es warst, die mir in der Tanzstunde auf die Füße getreten ist«, erwiderte er. »In meinem Rathaus gibt es auch ein schönes Plätzchen für das antike Stück.« Er beugte sich der Graefe entgegen. »Unterschätze mich nicht, Bienchen.«

Die Bürgermeisterin hob eine Augenbraue. »Überschätze dich nicht, Willy.« Sie stolzierte aus dem Zelt.

Jutta sah ihr nach, bis Wilhelm Herzog tief durchatmete und ihr folgte. Er blieb am seitlichen Aufgang zur Bühne stehen, während Sabine Graefe diese unter Applaus betrat und ihre Eröffnungsrede hielt.

»Wir sind zuerst dran«, sagte Dietrich Lindgraf und winkte alle Chormitglieder zu sich. »Ab jetzt bitte volle Konzentration. Stellt euch in der richtigen Reihenfolge auf und marschiert auf mein Zeichen auf die Bühne. Ich folge, sobald ihr aufgestellt seid und die Musik einsetzt.«

Alle nickten und gehorchten seiner Anweisung.

Jutta würde das Zelt als Erste verlassen und ihre Chormitstreiter anführen. Sie blickte zu den elf Frauen und sieben Männern hinter sich, die nervös an der Kleidung oder an den Haaren zupften. Dietrich stand wieder am Ausgang des Zeltes und sah nach draußen. Sabine Graefes Stimme hallte durch die Lautsprecher und überlagerte das Stimmengewirr auf dem Platz.

»Heißen Sie nun mit mir unseren Niederteerbacher Chor unter der Leitung von Dietrich Lindgraf willkommen«, rief sie, und wieder setzten Applaus und Jubel ein.

»Jetzt«, sagte Dietrich, nickte Jutta zu und hob bestärkend die Fäuste.

Sie erwiderte die Geste und ging voran. Das Zelt stand nur wenige Meter hinter der Bühne und sie brauchte nicht lange, bis sie die Treppe erreichte. Um nicht zu stolpern, konzentrierte sie sich auf die Stufen und sah auch nicht auf, bis sie ihre Position auf der Bühne eingenommen hatte. Erst dann, während sich ihre Gesangskollegen neben und hinter ihr in drei Reihen aufstellten, suchte sie ihre Familie im Publikum.

Maike hob ihr Kölsch und zwinkerte ihr zu, Mark und Zoe lächelten und klatschten, die Zwillinge riefen nach ihr und sprangen immerzu auf und ab, und Sarah hatte sie mit ihrer Handykamera genau im Visier.

Die Hintergrundmusik wurde über die Lautsprecher eingespielt. Agnes neben ihr räusperte sich leise, sie selbst benetzte mit der Zunge ihre Lippen. Nun konnte es losgehen. Doch von Dietrich Lindgraf war weit und breit nichts zu sehen. Wo blieb er nur?

Die Sängerinnen und Sänger blickten über ihre Schultern zu dem Backstage-Zelt. Da die Musik weiterhin spielte und der Chor stumm blieb, setzte allgemeines Gemurmel ein.

»Wo bleibt er denn?«, flüsterte Agnes. »Langsam wird es peinlich.«

Jutta atmete tief durch. »Ich schau mal nach, wo er bleibt.« Sie setzte ein verkrampftes Lächeln auf und verließ unter den Blicken der Zuschauer die Bühne.

»Was ist hier los?«, erkundigte sich Sabine Graefe, an der sie auf dem Weg zum Zelt vorbeilief. Sofort heftete sie sich an Juttas Fersen.

»Sicher nur eine kleine Verzögerung«, erwiderte sie, beschleunigte ihre Schritte und huschte vor der Bürgermeisterin ins Zelt.

Dort blieb sie so abrupt stehen, dass sie aus dem Gleichgewicht kam und schwankte.

»Dietrich? Was ...?«

Jutta sah ihn vornübergebeugt auf dem Büfetttisch liegen und taumelte zurück, als sie die Blutlache sah, die sich unter seinem Kopf und auf der Käseplatte ausbreitete. Sie stieß keuchend den Atem aus, bevor sie aus tiefster Kehle schrie.

1. Kapitel

»Die singen vielleicht so schrecklich, dass der Chorleiter das Weite gesucht hat, bevor er sich mit ihnen blamiert«, sagte Maike, reckte wie Zoe und Mark den Hals und hielt nach dem Mann der Stunde Ausschau. Sie hatte sowieso nicht nachvollziehen können, warum ihre Mutter dem Niederteerbacher Chor beigetreten war. Anscheinend war sie mit ihrem Singsang in Köln nicht ausgelastet, und ständig suchte sie sich neue Hobbys.

Nachdem der Hanfanbau in Frau Kuschels Gewächshaus aufgeflogen war, waren ihre Kräutermischungen binnen weniger Tage ausverkauft gewesen, ebenso wie Juttas Marmeladenkreationen, die die Kuschel in ihrem Blumenladen mit verkauft hatte. Aufgrund der großen Nachfrage hatte Jutta ihre Marmeladenherstellung nicht mehr bewältigen können und aufgegeben. Doch es war sicherlich nur eine Frage der Zeit, bis sie sich wieder einer neuen Sache widmete. Fürs langweilige Rentnerdasein war ihre Mutter einfach nicht geschaffen.

»Sieht so aus, als würde Jutta mal nach ihm sehen«, raunte Zoe, als Jutta die Bühne verließ und das Backstage-Zelt ansteuerte.

»Soll ich auf die Bühne gehen und die Pause mit einem Ständchen überbrücken?«, erkundigte sich Horst lallend. Er saß mit Gabi und Lukas am Nachbartisch und kippte gerade Schnaps in sein Bierglas.

»Bloß nicht«, antwortete Gabi.

Da er sich schwankend erhob, stand sie ebenfalls auf und hielt ihn am Arm fest. Maike konnte nicht sagen, ob sie Horst zurückhalten oder nur stützen wollte. Wenn sie genauer darüber nachdachte, wäre ihr sein Auftritt anstelle der Chöre sogar lieber.

»Du könntest die Verzögerung nutzen und wieder Wetten entgegennehmen«, rief Maike ihm zu und zwinkerte. »Ich tippe auf einen Sieg für Oberteerbach.«

»Maikelein, das ist eine schöne Idee.« Horst legte sich den Zeigefinger auf die Lippen. »Aber lass unsere Bürgermeisterin nicht hören, dass du auf den Feind setzt«, flüsterte er, lachte laut und deutete mit dem Kinn zum Backstage-Zelt, in dem Sabine Graefe soeben hinter Jutta verschwand.

»Ist das öde«, stieß Maikes Nichte Sarah neben ihr aus, stemmte die Ellenbogen auf den Tisch, stützte ihren Kopf mit den Händen und atmete tief durch.

Maike schmunzelte. »Dir ist wohl eher danach, alte Akten zu digitalisieren? Hast du eigentlich Nicholas von Marking hier schon irgendwo entdeckt?«

Sie sah sich nach dem jungen Assistenten der Bürgermeisterin um und entdeckte stattdessen Frau Kuschel, die sich eine selbstgedrehte Zigarette zwischen die Lippen schob und auffällig unauffällig rauchend hinter einem Speisewagen Deckung suchte. Vermutlich roch es gleich auf dem ganzen Festplatz nach Pilzen.

Sarah verdrehte die Augen und ließ Maike damit wissen, was sie von ihrem Kommentar hielt. »Statt unseren Crime-Podcast aufzunehmen, muss ich hier Oma Applaus spenden und Nicholas' Chefin unterstützen. Diese Rentnerveranstaltung ist echt zum Gäh…«

Ihr blieb das Wort im Hals stecken, als plötzlich ein Schrei das Stimmengewirr der Festbesucher übertönte.

Maike stand auf und versuchte zu lokalisieren, woher er gekommen war. Das war kein Jubelschrei, sondern ein Angstschrei gewesen. Innerhalb einer Sekunde waren die meisten verstummt und sahen sich um. Maike drehte sich um ihre eigene Achse, da drang abermals die grelle Stimme zu ihnen herüber, die Maike erst jetzt als die ihrer Mutter erkannte. Sie schrie eindeutig aus dem Backstage-Zelt um Hilfe.

»Halt die Leute zurück«, rief sie Gabi zu, hielt den Blick starr auf das Zelt gerichtet und rannte los.

Lukas holte sie ein. Sie schoben sich beide gleichzeitig durch den Zelteingang und Maike lief ihrer Mutter regelrecht in die Arme.

Jutta hatte Tränen in den Augen. »Sag mir bitte, dass unser Chorleiter nicht tot ist!«, flehte sie und deutete zum Büfetttisch.

Erst in diesem Moment sah Maike den Mann, der mit dem Oberkörper bäuchlings auf dem Tisch lag, wobei seine Beine über der Tischkante herabhingen.

Lukas versuchte die Fassung zu wahren. »Ich schick die Sanitäter rein.« Er fühlte am Hals nach dem Puls.

Maike trat näher an den bewegungslosen Mann heran, dessen Kopf auf der Käseplatte lag, das Gesicht zur Seite gedreht. Sie blickte in seine weit aufgerissenen starren Augen und seufzte. »Die Sanis nützen hier nichts mehr. Schick mir lieber Zoe. Gabi soll Verstärkung rufen und ihr müsst dafür sorgen, dass niemand den Festplatz verlässt. Wer auch immer diesen Mann auf dem Gewissen hat, kann ja noch nicht weit gekommen sein.«

Die Bürgermeisterin stand neben Maikes Mutter und japste nach Luft. »Bitte nicht schon wieder ein Mord in Niederteerbach!«

»Na ja, bei all dem Blut wird sein Zustand wohl nicht der Käseplatte anzuhängen sein«, entgegnete Maike. »Haben Sie beim Betreten des Zeltes jemanden gesehen oder ist Ihnen irgendetwas anderes aufgefallen?«

Die Graefe schüttelte den Kopf, ihre Mutter, als Maike sie fragend ansah, ebenso.

»Wie geht es dir, Mama? Mark ist draußen. Ich kann auch einen Seelsorger besorgen.« Sie blickte zur Bürgermeisterin. »Falls Sie jemanden zum Reden brauchen ...?«

Da keine der beiden reagierte, nickte sie Lukas auffordernd zu, der ihre Geste verstand und die Graefe und Jutta hinausführte.

Maike ließ den Blick durch das Zelt schweifen. An den Zeltwänden standen Klappstühle, auf denen ein länglicher Metallkoffer sowie Handtaschen und Rucksäcke der Chormitglieder lagen. Einen zweiten Ausgang gab es nicht, doch an einer Stelle flatterte der Zeltstoff im lauen Wind, von dem hier drinnen leider nichts zu spüren war.

Sie fuhr sich mit der Hand über den verschwitzten Nacken und trat näher an die gelockerte Zeltwand heran. Anscheinend hatte jemand von außen einen Zeltanker gelöst und war an dieser Stelle hereingekrochen und auch wieder herausgekrochen. Das Kopfsteinpflaster des Marktplatzes war vor Jahrzehnten verlegt worden und viele Steine waren locker. Verdorrte Grashalme ragten aus den mit Sand gefüllten Fugen und waren niedergedrückt. Das musste die Spurensicherung sich genauer ansehen.

Maike griff zu ihrem Smartphone und wählte Walther Pöllers Nummer. Es dauerte eine gefühlte Ewigkeit, bis er endlich abnahm.

»Pöller im Liegestuhl«, meldete er sich mit seinem Kölscher Dialekt. »Bei der Hitze wird mich heute keiner von meinem schattigen Plätzchen wegkriegen, Frau Pech. Wenn Sie mich anrufen, schwant mir allerdings nichts Gutes.«

»Ich mag Sie auch«, erwiderte Maike. »Trommeln Sie Ihr Team zusammen. Ich brauche Sie in Niederteerbach. Und beeilen Sie sich bitte. Unter meiner Leiche schmilzt bereits der Käse. Sie können sich den Geruch sicherlich vorstellen.«

»Käse? Was für Käse?«

»Davon können Sie sich gleich selbst ein Bild machen. Rathausplatz Niederteerbach, im Backstage-Zelt hinter der Bühne.«

Pöller schnaubte. »Sie haben jetzt nicht wirklich von einem Zelt gesprochen? Ist Ihnen klar, dass wir heute den bisher wärmsten Tag des Jahres haben?«

»Im Winter beschweren Sie sich ja immer, dass Sie frieren«, entgegnete Maike und legte auf.

Sie konnte sich schon jetzt darauf vorbereiten, neben den Ermittlungen auch noch Pöllers schlechte Laune zu händeln. Ihr rann der Schweiß den Rücken hinab.

Das T-Shirt auf ihrer Haut und schien regelrecht mit ihr zu verschmelzen.

»Ich hab gehört, du kannst Unterstützung gebrauchen«, sagte Zoe, während sie das Zelt betrat.

Maike deutete zum Büfett. »Mir ist der Appetit auf Käse endgültig vergangen.«

Zoes Blick glitt zum Tisch. »Ach du meine Güte.« Mit erhobenen Augenbrauen ging sie zu dem Toten und beugte sich über ihn. »Das Blut ist aus einer Wunde am Hals ausgetreten. Die Tatwaffe hat wohl die Schlagader erwischt. Er hat nicht lange gelitten.« Sie sah sich nach Maike um. »Gibt es eigentlich auch mal einen Monat, in dem ihr es in diesem beschaulichen Örtchen nicht mit einer Leiche zu tun habt?«

»Nicht, seit ich hier lebe«, sagte Maike und seufzte. »Passt du bitte auf die Leiche auf, bis der Pöller eintrifft? Ich informiere inzwischen Jens und die Staatsanwaltschaft. Sandro ist momentan im Urlaub.« Sie wandte sich zum Ausgang. »Außerdem muss ich mit Gabi und Lukas die Leute im Zaun halten. Wer auch immer Mamas Chorleiter auf dem Gewissen hat, könnte noch anwesend sein.«

»Maike, ich zerfließe hier drinnen«, hörte sie Zoe noch sagen, während sie aus dem Zelt schlüpfte.

Draußen konnte sie dank der sanften Brise freier atmen. Doch beim Anblick der vielen Menschen, die wild gestikulierend auf Gabi und Lukas einredeten, wäre sie am liebsten sofort in das stickige Zelt zurückgekehrt.

»Frau Pech ...« Die Bürgermeisterin kam auf sie zugeeilt. »Das ist eine absolute Katastrophe«, flüsterte sie und beugte sich Maike entgegen. »Auf keinen Fall darf das publik werden. Niederteerbach wird wieder in

Verruf geraten. Für Willy ist das ein gefundenes Fressen.« Sie presste die Worte leise zwischen zusammengepressten Zähnen hervor, wobei sie verkrampft in die Menge lächelte. »Entschuldigung. Fressen ist in diesem Zusammenhang vielleicht das falsche Wort.«

»Okay.« Maike beugte sich Sabine Graefe nun ihrerseits entgegen. »Vorschlag: Ich gehe auf die Bühne und lenke die Festbesucher ab und Sie schaffen die Leiche inzwischen irgendwie aus dem Zelt.«

Die Graefe starrte sie an. »Wie soll ich das denn unbemerkt schaffen? Hier sind überall Leute.«

Maike hob die Augenbrauen. Das klang nicht nach einer klaren Absage.

Der Oberteerbacher Bürgermeister näherte sich. »Was ist denn los?«, erkundigte sich Willy Herzog.

Dessen ungeachtet schob Sabine Graefe Maike in die entgegengesetzte Richtung. »Wir machen es umgekehrt«, flüsterte sie hastig. »Ich sorge für die Ablenkung und Sie kümmern sich um die Leiche. Keine Information zu irgendwem. Vielleicht ist die Situation nicht so schlimm, wie im ersten Augenblick gedacht.«

Maike unterdrückte ein Augenrollen. »Der Tote wird nicht wieder lebendig. Machen Sie sich darauf gefasst, dass hier gleich die Spurensicherung auftaucht. Es ist unmöglich, den Mor…« Sie stockte und sah zu Wilhelm Herzog, der wenige Schritte hinter ihnen stehen geblieben war und sie beobachtete. »… den Vorfall geheim zu halten«, fuhr sie fort. »Alles, was Sie tun können, ist, dafür zu sorgen, dass meine Kollegen und ich hier ungestört unserer Arbeit nachgehen können. Beruhigen Sie inzwischen die Leute, damit wäre uns sehr geholfen.«

Die Bürgermeisterin warf einen Blick zu ihrem Konkurrenten und straffte dann die Schultern. »Selbstverständlich, Frau Pech. Ich werde Sie in allem unterstützen. Mit uns Niederteerbachern sollte sich keiner anlegen. Der oder die Verantwortlichen werden nicht ungestraft davonkommen. Dafür sorge ich höchstpersönlich.«

Maike hatte den Eindruck, die Worte waren unterschwellig an Willy Herzog gerichtet. Sie verwarf den Gedanken und wandte sich von Sabine Graefe ab. Einen Auftragsmord traute Maike Herzog nicht zu, geschweige denn, dass er sich selbst die Finger blutig machte.

Kurz blickte sie noch einmal zu ihnen zurück. Oder doch? Die beiden lieferten sich ein Dorfbattle nach dem anderen. Ihre Konkurrenzkämpfe wurden mit immer härteren Bandagen geführt. Und heute hatten die Chöre gegeneinander hatten wollen. Maike beschloss, diesen Ansatz bei den Ermittlungen nicht außer Acht lassen.

Bevor sie sich ins Getümmel stürzte, rief sie ihren Chef an und informierte ihn über die Ereignisse.

»Du ziehst das Chaos wirklich an«, sagte Jens, nachdem sie ihren Bericht beendet hatte. »Ich informiere die Staatsanwaltschaft und du hältst mich auf dem Laufenden.«

»Mach ich«, erwiderte sie und legte auf. Sie nahm die Menschen auf dem Festplatz wieder ins Visier. War einer der Anwesenden der Täter, der sich unter die Dorfgemeinschaft mischte, um seine Tat zu verschleiern? Oder hatte sich der Mörder oder die Mörderin längst aus dem Staub gemacht?

Sie atmete tief durch und ging auf die Meute zu.

2. Kapitel

Da die Chormitglieder wenige Minuten vor Dietrich Lindgrafs Tod noch mit ihm zusammen gewesen waren, würde Maike sie zuerst befragen. Lukas suchte nach ihnen und schickte sie zum Sammelplatz auf die Bühne, von der aus Maike sich einen Überblick verschaffen wollte. Die Verstärkung traf gerade in Form von drei Einsatzwagen ein. Ihr standen also insgesamt sechs Polizistinnen und Polizisten zur Verfügung, um die Leute irgendwie zu koordinieren.

»Ich erreiche Lindgrafs Angehörige nicht«, sagte Gabi neben ihr und hielt sich weiter das Telefon ans Ohr.

Die Bürgermeisterin stand vor ihnen und forderte das Publikum ununterbrochen über das Mikrofon dazu auf, den Festplatz nicht zu verlassen. Durch sie hatte Maike Lindgrafs Angehörige ausrufen lassen. Aber bisher hatte sich niemand gemeldet.

»Das ist seltsam.« Gabi warf Maike einen frustrierten Blick zu. »Dietrich Lindgraf lebt doch hier ... äh, ich meine, lebte. Als Niederteerbacher müsste seine Familie doch mit auf dem Dorffest sein, vor allem, wenn er mit seinem Chor auftritt.«

Maike nickte nachdenklich. »Versuch es bitte später weiter. Jetzt müssen wir erst einmal etwas Ordnung ins Chaos bringen. Leite die Kollegen und Kolleginnen an.

Diejenigen, die sich zur Tatzeit in der Nähe des Backstage-Zeltes aufgehalten haben, sollen sich dort versammeln.« Sie deutete zu Harrys Fressoase. »Der Rest auf der gegenüberliegenden Seite vor dem Kinderkarussell.«

»Alles klar.« Gabi schob das Handy zurück in ihre Hosentasche. »Wir befragen jeden Einzelnen.«

Maike hob den Daumen. »Irgendwer muss gesehen haben, ob jemand in das Backstage-Zelt hineingegangen oder herausgekommen ist. Bestenfalls, wie jemand die Seitenwand gelockert und sich dort Zugang verschafft hat.« Sie fächerte sich mit der flachen Hand ein wenig Wind ins Gesicht und beobachtete die zwei weißen Vans, die sich langsam eine Schneise durch die Menge bahnten. »Da kommt Pöller. Ich sage ihm schnell Hallo, bevor er seinen Frust an Zoe auslässt. Und sobald Lukas den Chor komplett zusammengetrommelt hat, nehme ich mir den als Erstes vor.«

Sie nickten sich zu und gingen ihrer Wege.

Jutta saß auf der Bühnentreppe und wirkte blass. Mark stand vor ihr und sprach beruhigend auf sie ein, während die Zwillinge neben ihm auf dem Boden hockten und Steinchen sammelten. Von Sarah war weit und breit nichts zu sehen. Maike hoffte nur, dass sie nicht wieder ein Video für ihren Social-Media-Kanal aufnahm oder das aktuelle Ereignis als Stoff für ihren Crime-Podcast nutzte.

»Sie haben es sich zur Aufgabe gemacht, mich zu quälen«, rief Pöller ihr entgegen, sobald er sie erblickte. Er öffnete die seitliche Schiebetür, stieg in den Van und nahm einen Ganzkörperanzug aus dem darin befindlichen Regal. »Ich schwimme jetzt schon in meiner eigenen Suppe und jetzt soll ich noch in diesen Kokon schlüpfen.«

»Wie sieht es mit Ihrer Umschulung aus?«, fragte Maike und setzte ein unschuldiges Gesicht auf. »Haben Sie sich inzwischen für einen neuen Beruf entschieden?«

Er verzog den Mund. »Vor zwei Tagen war ich in einer klimatisierten Lagerhalle, um dort einen Gabelstaplerunfall mit Todesfolge zu untersuchen. Vor einer Woche gab es eine Tote in einem schattigen Waldgebiet. Und jetzt kommen Sie mir mit aufgeheiztem Zelt und Käse.«

Maike hob die Schultern. »Ich sorge eben für Abwechslung.« Sie zwinkerte ihm zu und nahm einen Arbeitsanzug entgegen. »Für Zoe brauchen wir auch noch so ein gutes Stück.«

»War ja klar. Wo Sie sind, ist die Frau Rechtsmedizinerin nicht weit.«

Er klatschte ihr einen weiteren in Folie verpackten Anzug in die Hände und schlüpfte wie Maike in seinen. Schließlich schnappte er sich zwei Metallkoffer, nickte seinem Team zu und stapfte voran.

»Was können Sie mir schon erzählen?«, erkundigte er sich.

Maike unterdrückte ein Seufzen. »Nicht viel. Toter Mann, Mitte 60, mit sichtbarer Halswunde. Er war Chorleiter und mit den Mitgliedern zusammen im Zelt, bevor sie für den Auftritt auf die Bühne gingen. Bevor er tot aufgefunden wurde, war er nicht mehr als 5 Minuten allein.« Sie blickte auf ihre Armbanduhr. »Er starb vor einer knappen Stunde.«

»Dann schauen wir uns den Guten mal an«, erwiderte er und schlüpfte durch den Zelteingang, während Maike die Plane für ihn beiseite hielt.

»Pöllerchen«, hieß Zoe ihn willkommen und griff nach dem Anzug, den Maike ihr reichte. »Ich dachte schon, Sie kommen nie. Ich gehe draußen kurz Sauerstoff tanken und stehe Ihnen dann gern zur Seite.«

»Klar, ich gönne mir auch erst mal einen eisgekühlten Cocktail und warte, bis das Zelt durchgelüftet ist.« Pöller grinste, schob einen seiner Assistenten zur Seite und machte Anstalten, die Zeltplane am Eingang anzuheben.

»Das lassen Sie lieber bleiben.« Maike war mit einem Schritt bei ihm. »Wir wollen doch nicht, dass Ihnen die Leute oder die Presse bei der Arbeit zuschauen.« Sie nahm ihm die Plane ab und ließ sie wieder sinken.

»Aber wir wollen auch nicht, dass ich einen Hitzschlag kriege«, protestierte er.

Maike seufzte. »Es tut mir leid, aber die Art und Weise, wie die Leiche hier aufgefunden wurde, kennen nur der Täter oder die Täterin, Bürgermeisterin Graefe, Zoe und meine Mutter. Das kann ich bei der Vernehmung zukünftiger Tatverdächtiger nutzen. Wenn aber der ganze Festplatz sieht, wie Dietrich Lindgraf auf dem Büfett angerichtet wurde, nehmen Sie mir die Möglichkeit ...«

Er hob einhaltgebietend die Hand. »Ich hab es verstanden.«

»Wir könnten die seitlichen Zeltwände zumindest ein wenig nach oben krempeln, ohne einen Einblick zu bieten«, schlug Maike vor. »Außer diese hier.« Sie deutete auf die bereits gelockerte Stelle. »Die muss untersucht werden. Ich vermute, dass der Täter oder die Täterin sich dort Zugang zum Zelt verschafft hat.«

Pöller atmete tief durch. »Egal wie, verschaffen Sie mir wenigstens ein bisschen Luft.« Er wandte sich seinen Mitarbeitern zu. »Nehmt zuerst Spuren von dem Käse, damit wir das stinkende Zeug hier rausschaffen können, bevor er von allein davonläuft.«

Zwei Männer aus seinem Team machten sich an die Arbeit, ein anderer fotografierte den Tatort, und eine Frau ging nach draußen, löste ein paar Zeltseile aus den Ankern und rollte sie bis auf Kniehöhe nach oben. Im Inneren stieg jetzt immerhin die Chance zu überleben.

»Der Mann ist verblutet«, sagte Zoe. »Sichtbare Stichverletzung am seitlichen Hals, bei der, wenn ich mir den enormen Blutverlust so ansehe, die Halsschlagader verletzt worden sein muss.« Sie hatte sich den Anzug und Handschuhe übergestreift und ging neben dem toten Chorleiter in die Hocke. »Auf dem Seziertisch sehe ich ihn mir natürlich noch mal genauer an. Gibt es schon eine Freigabe für die Obduktion?«

»Ist bei der Staatsanwaltschaft beantragt«, sagte Maike. Sie begutachtete den Büfetttisch, auf dem belegte Brote, Obstteller und Käseplatten drapiert waren. Auf Letzteren lagen Messer, die für Käselaibe und Camembert gedacht waren. »Könnte es sich bei einem der Messer um die Tatwaffe handeln?«

»Ich tüte Ihnen die Dinger ein«, brummte Pöller in Richtung Zoe.

Die nickte. »Das kann ich erst nach dem Abgleichen mit der Wunde sagen.«

»Kann ich hier noch irgendwie helfen?«, fragte Maike. »Ansonsten kümmere ich mich jetzt um die Befragungen.«

»Du könntest uns bitte noch dabei helfen, den Toten vom Tisch herunter auf den Boden zu legen«, bat Zoe sie.

Maike sah in die Runde. Pöllers Team war mit der Spurensicherung beschäftigt. Bei der Hitze durften sie keine Zeit verlieren.

»Dann wollen wir mal«, entgegnete sie, stellte sich auf die andere Seite des toten Chorleiters und packte ihn an Oberarm und Schulter. Als sie ihn anhoben, löste sich seine Gesichtshälfte mit einem schmatzenden Geräusch aus der mittlerweile geronnenen Blutlache. Käsebrocken hafteten auf seiner Wange und Schläfe. Zwei Fliegen schwirrten umher.

Maike unterdrückte ein Stöhnen und schluckte. An diesen Teil ihres Jobs würde sie sich nie gewöhnen.

Mit vereinten Kräften legten sie den Mann auf den Boden. Was oder wen er wohl durch seine aufgerissenen Augen zuletzt gesehen hatte? Maike streckte die Hand aus und schloss seine Lider.

»Hier wimmelt es bald von den verdammten Fliegen«, sagte Pöller.

»Du findest mich auf der Bühne«, ließ Maike Zoe wissen und machte sich davon, bevor Pöller sie erneut aufhalten konnte.

Lukas hatte bereits mit den Befragungen begonnen. Er stand inmitten der Chormitglieder und warf Maike einen überforderten Blick zu. Doch bevor sie den Bühnenaufgang erreichte, sprang ihr Ingo Brandt vor die Füße.

»Frau Pech, wurde Niederteerbach erneut von einem heimtückischen Verbrechen heimgesucht?«

Sie machte sich erst gar nicht die Mühe, ein Seufzen zu unterdrücken. Der Dorfjournalist ging ihr immer wieder aufs Neue auf die Nerven. Vor allem, wenn er ihr schon bei der Fragestellung, die Antwort in den Mund zu legen versuchte. Trotz aller Geheimhaltung hatte sich vermutlich längst herumgesprochen, dass Dietrich Lindgraf tot war, und Brandt witterte die nächste Schlagzeile, die ihm die Titelstory im Niederteerbacher Volksblatt einbringen würde und vielleicht sogar eine überregionale Schlagzeile. Spätestens seit dem Eintreffen der Spurensicherung konnten sie hier niemandem mehr etwas vormachen.

»Ein Verbrechen?«, hakte Maike nach und drehte den Spieß somit um.

Brandt zupfte an seinem fettigen Haar. »Sie sind doch auch der Meinung, dass eine unnatürliche Ursache nicht ausgeschlossen werden kann, richtig?«

»Es macht Sie verdächtig, dass Sie in diese Richtung denken«, erwiderte Maike und verschränkte die Arme vor der Brust. »Wo haben Sie sich aufgehalten, als der Niederteerbacher Chor die Bühne betrat?«

»Ich ... Was?« Ingo Brandt trat einen Schritt vor ihr zurück. »Sie glauben, dass ...« Er schluckte und deutete in den Bereich vor der Bühne. »Ich habe dort gestanden. Frau Graefe hat mich beauftragt, unseren Chor während des Auftrittes zu fotografieren.«

Maike hob eine Augenbraue. »Wer kann das bezeugen?«

Er wurde immer nervöser. »Die Leute haben mich gesehen.«

»Das wird sich zeigen«, sagte Maike und drängte sich an ihm vorbei. Zumindest heute würde er ihr nicht mehr auf den Keks gehen.

Lukas kam ihr entgegen und reichte ihr eine Flasche Wasser, aus der sie dankbar trank.

»Konntest du schon irgendwas herausfinden?«, erkundigte sie sich zwischen zwei Schlucken.

»Wir sollten in Erfahrung bringen, ob heute ein gewisser Klaus Böttger anwesend war«, erwiderte er.

Maike führte die Flasche gerade wieder zum Mund und hielt mitten in der Bewegung inne. »Der Name sagt mir was.«

Lukas nickte. »Dietrich Lindgraf hat erst vor drei Wochen die Chorleitung übernommen. Sein Vorgänger war Böttger.«

Sie sah zu ihrer Mutter hinüber, die jetzt für die Befragungen inmitten der anderen Mitglieder stand. Maike erinnerte sich daran, dass sie von Differenzen mit ihrem alten Chorleiter berichtet hatte. Daher kam ihr der Name bekannt vor.

»Auf die Frage, ob Dietrich Lindgraf in letzter Zeit Sorgen hatte, brachten beinahe alle Klaus Böttger ins Spiel«, erzählte Lukas weiter. »Der hat seine leitende Position wohl nicht freiwillig aufgegeben und war stinksauer.«

»Dann haben wir einen ersten Verdächtigen.« Maike nahm ihr Smartphone zur Hand und googelte nach einem Bild des Mannes. »Ich schicke dir ein Foto«, sagte sie, als sie einen Artikel vom Niederteerbacher Volksblatt fand, in dem Böttger zu seinem Antritt als Chorleiter interviewt worden war. »Übermittel das auch den Kollegen und zeigt es herum. Es wäre ein Anhaltspunkt, wenn er hier gesehen wurde.« Sie sah sich um. »Allerdings müssen wir vorerst auch jeden anderen Anwesenden noch als Täter in Betracht ziehen.«

Lukas folgte ihrem Blick über die Menschenmenge.

»Es wird Stunden dauern, bis wir alle befragt haben«, flüsterte er und wischte sich mit dem Handrücken den Schweiß von der Stirn.

»Wenigstens werden die Temperaturen mit Einbruch der Dunkelheit etwas erträglicher«, sagte sie und klopfte ihm aufmunternd auf die Schulter.

3. Kapitel

Maike gähnte und kniff kurz die Augen zusammen. Die Scheinwerfer der entgegenkommenden Fahrzeuge blendeten sie. Mittlerweile war es nach Mitternacht und sie war todmüde.

Zoe, Mark, die Zwillinge und Sarah waren schon vor Stunden mit Jutta nach Köln gefahren. Sie hatten es alle für das Beste gehalten, wenn Jutta in dieser Nacht bei den Schwäfels übernachtete. Maike war sich sicher, dass ihre Mutter das heutige Erlebnis, ihren Chorleiter tot aufgefunden zu haben, mit der Zeit verarbeiten würde. Die vielen Jahre als Ehefrau eines Polizisten hatten sie geprägt.

Kurz hatte Maike in Erwägung gezogen, statt zu ihnen zu fahren, einfach in Niederteerbach in ihr eigenes Bett zu fallen. Aber die Befragungen waren nicht so vielversprechend ausgefallen, wie sie es sich erhofft hatte. Und den alten Chorleiter Klaus Böttger wollte niemand vor Ort gesehen haben. Sie dachte darüber nach, Zoe bei der für morgen Vormittag angesetzten Obduktion über die Schulter zu schauen. Ansonsten blieb ihr nach derzeitigem Ermittlungsstand nur, mit Gabi und Lukas noch mal alle Befragungen durchzugehen.

Sie parkte vor dem Carport und hörte Nele im Haus bellen. Durch das milchige Glas der Haustür sah sie den Schatten der Hündin, die sie mit wedelndem Schwanz erwartete.

Neuerdings besaß sie für das Haus der Schwäfels einen eigenen Schlüssel, den sie nun aus der Hosentasche fischte. Normalerweise herrschte bei den Schwäfels stets munteres Treiben. Daher erschien Maike die Stille, von der sie beim Eintreten empfangen wurde, beinahe gespenstig. Die Zwillinge schliefen längst, ihr Lachen und das Herumtoben fehlten. Sarah kam in ihrem Alter sowieso kaum noch aus ihrem Zimmer.

»Aus!«, sagte Maike, als Nele abermals neben ihr bellte.

»Ich dachte schon, du hast es dir anders überlegt und bleibst doch zu Hause«, sagte Zoe überrascht, als Maike die Küche betrat.

Zoe, Mark und Jutta saßen vor halb leeren Weingläsern am Esstisch. Es roch nach gegrilltem Gemüse.

»Ich habe Philipp geschrieben und ihn gebeten, Crockett und Tubbs zu füttern, ansonsten wäre es noch später geworden.« Maike öffnete den Kühlschrank und nahm sich ein Kölsch heraus.

»Möchtest du noch etwas essen?« Zoe stand auf und steuerte auf den Herd zu. »Es gibt Ofengemüse mit überbackenem Fetakäse.«

»Nee, lass mal. Ich hab mir zwischendurch eine Currywurst bei Harald gegönnt, während ich die Tachmoiner befragt habe.« Sie trank einen Schluck und setzte sich neben Zoe, die ebenfalls wieder Platz nahm. »Es ist echt zum Mäusemelken, niemand will zur Tatzeit jemanden gesehen haben, der ins Zelt hineingeht oder herauskommt. Zumindest keiner von denen, die ich vernommen habe.« Sie stützte die Ellenbogen auf den Tisch und strich sich mit den Handflächen über die Stirn. »Ich hoffe, Gabi und Lukas können mir morgen wenigstens eine brauchbare Aussage liefern. Wir gehen unsere Protokolle noch mal gemeinsam durch.«

»Sarah hat immer mal wieder mit ihrem Handy Fotos gemacht«, sagte Mark und schob sich mit dem Zeigefinger die Brille höher auf die Nase. »Vielleicht ist auf denen was zu sehen.«

Maike gähnte wieder. »Gut möglich. Sag meiner Nichte morgen viele Grüße von mir. Sie soll alle Bilder an mich weiterleiten.«

Jutta seufzte. Maike konnte sich nicht daran erinnern, ihre Mutter jemals so still erlebt zu haben. Durch die Berichte ihres Ehemanns, Marks und Maikes Vater, war sie früher mit etlichen Schicksalen aus seinem Polizeialltag konfrontiert worden. Aber es machte natürlich einen großen Unterschied, ein Verbrechen persönlich mitzuerleben. Und es wurde noch schwieriger, wenn man das Opfer kannte.

Maike lehnte sich nach vorn und ergriff die auf dem Tisch liegende Hand ihrer Mutter. »Wie geht es dir?«

Jutta sah von ihrem Weinglas zu ihr auf. »Ich kann immer noch nicht glauben, was passiert ist.«

Maike nickte sanft. »Es hilft, darüber zu sprechen. Rede mit uns.«

»Da gibt es nichts zu reden. Keine fünf Minuten vorher habe ich noch mit Dietrich gesprochen und dann war er tot. Punkt.«

»Nicht Punkt. Wir sind für dich da. Wenn du reden willst, nicht schlafen kannst oder wann immer du uns brauchst.«

Ihre Mutter lächelte sanft. »Das weiß ich doch.«

Sie nickten sich zu.

»Glaubst du, dass sein Vorgänger, dieser Klaus Böttger etwas mit seinem Tod zu tun haben könnte? Ich meine, traust du ihm die Tat zu?«

Jutta rieb sich den Daumen. »Er war auf jeden Fall stinksauer, als er seinen Posten als Chorleiter verloren hat. Aber Dietrich konnte da doch letztlich nichts für. Die Mehrzahl der Mitglieder hat sich für Böttgers Entlassung ausgesprochen. Da müsste er uns ja alle ...« Sie schlug sich die Hand vor den Mund. »Oh je, vielleicht sind wir als Nächstes dran.«

»Jetzt mach dich nicht verrückt, Mama«, sagte Mark und legte ihr einen Arm um die Schultern. »Maike und ihre Kollegen haben jetzt ein Auge auf Klaus Böttger, stimmt's?« Er sah Maike eindringlich an.

»Ich werde mir den Mann morgen mal vornehmen«, erwiderte sie und wandte sich wieder an ihre Mutter. »Kannst du mir vielleicht noch etwas über Dietrich Lindgraf erzählen, was mich irgendwie weiterbringt? Eventuell hatte er ja auch andere Probleme. Fällt dir dazu irgendetwas ein?«

Jutta fuhr mit den Fingern durch ihr kurzes graues Haar. »Ich kenne den Mann ja selbst erst seit drei Wochen. Du weißt bestimmt mehr über ihn als ich. Immerhin ist er Niederteerbacher.«

Maike schüttelte den Kopf. »Ich kenne nur die Leute, mit denen ich gelegentlich zu tun habe. Dieser Mann ist mir bis gestern noch nicht über den Weg gelaufen.« Sie runzelte die Stirn. »Zumindest glaube ich das.«

Bei Gabi sah das natürlich anders aus. Sie kannte jeden im Dorf von Kopf bis Fuß. Von ihr konnte sie morgen … konnte sie heute bestimmt die gesamte Lebensgeschichte von Dietrich Lindgraf erfahren.

»Er war wirklich ein netter Mann«, schilderte Jutta. »In den drei Wochen haben wir noch keine sonderlich privaten Gespräche geführt. Er hat sich voll und ganz auf den Auftritt konzentriert.« Sie nahm ihre große, rote Brille ab und rieb sich die Augen. »Agnes hat erzählt, dass er seine Frau betrügt, und Liesbeth meinte, er lebt wohl sogar mit seiner Frau und der Geliebten zusammen.«

Maike hob die Augenbrauen. »In einer polyamoren Beziehung?«

Jutta winkte ab. »Das sind doch nur Gerüchte.«

»Hast du mal eine Frau oder zwei Frauen an seiner Seite gesehen?«

Ihre Mutter stand auf. »Nee, Dietrich kam immer alleine zu den Chorproben.« Sie ging zur Tür. »Ich versuche, ein wenig zu schlafen. Gute Nacht, meine Lieben.«

»Gute Nacht«, sagten sie im Chor und lauschten, bis Juttas Schritte im oberen Stockwerk verebbten.

Zoe schenkte sich Wein nach. »Willst du morgen bei der Obduktion dabei sein?«

»Von wollen ist da nie die Rede«, erwiderte Maike. »Ich denke, ich verzichte und lass mich stattdessen schnellstmöglich von Gabi mit Details über Lindgraf versorgen. Du hältst mich auf dem Laufenden?«

»Natürlich.«

Mark stand auf und drückte Zoe einen Kuss auf die Stirn. »Wir sollten jetzt alle schlafen.«

»Ich komme gleich nach«, sagte sie, während er Maike beim Vorbeigehen die Haare zerzauste.

»Nacht, Schwesterchen.«

Maike strich sich die schulterlangen Haare wieder glatt und band sie mit dem Gummi zusammen, den sie meistens an ihrem Handgelenk trug.

»Nehmen wir zum Abschluss des Tages noch einen kleinen Absacker auf dem Dachboden?«, fragte Zoe.

»Gute Idee.«

Maike stand auf und schlurfte voran, die Treppe ins oberste Stockwerk hinauf. Auf der Leiter ließ sie Zoe den Vortritt und sank dann wohlig seufzend auf eins der Sitzkissen.

Zoe warf einen Blick in den kleinen Kühlschrank mit den Getränken. »Was willst du?«

»Einen Schnaps, der beim Einschlafen hilft. Überrasch mich.«

Zoe lachte. »Dabei hilft Baldriantee.«

Maike verzog den Mund. »Danke, ich verzichte.«

Ihre Freundin reichte ihr ein Fläschchen mit der Aufschrift scharfes Luder, und zuckte bei dem Blick, den Maike ihr dabei zuwarf, nur mit den Schultern.

»Hat Mark von einem Junggesellenabschied mitgebracht.«

»Da kann einem die Frau, die den Bräutigam abkriegt, ja jetzt schon leidtun.« Maike drehte den Verschluss auf, prostete ihr zu und spülte das brennende, nach Minze schmeckende Getränk in einem Schluck hinunter. Sie schüttelte sich und verzog das Gesicht. »Alter, da ziehen sich einem alle Löcher zusammen. Das ist schlimmer als Arznei.«

Zoe setzte sich auf das Kissen neben ihr. »Apropos Bräutigam. Wie geht es denn Martin so?«

Maike sank tiefer in den Sitzsack. »Eins vorweg, ich werde nie, nie, niemals heiraten. Und Martin geht's gut. Allerdings ist er gestresst. Er ist in Berlin und bereitet alles für seinen Umzug vor.«

»Dann wirst du wohl früher oder später zu ihm nach Köln ziehen. Er hat wirklich Glück mit der Zusage für die Dreizimmerwohnung in der Nähe vom Clarenbachkanal. Übrigens um die Ecke vom rechtsmedizinischen Institut und dem Melatenfriedhof. Dann bist du nicht mehr weit von uns weg.«

»Jetzt mal langsam. Ich habe mich inzwischen wirklich an Niederteerbach gewöhnt. Und ich brauche nach wie vor mein eigenes Leben. Da sind zwei Wohnungen perfekt. Nur meinen Vermieter muss ich mir noch besser erziehen.«

Zoe schmunzelte und wackelte übertrieben mit den Augenbrauen. »Wir werden sehen, wir werden sehen.«

Maike schüttelte missbilligend den Kopf. »Geh ruhig schlafen, mein Bruder wartet bestimmt schon sehnsüchtig auf dich. Ich genehmige mir noch ein scharfes Luder und mach dann auch die Augen zu.«

Zoe erhob sich und ging zum Kühlschrank. »Das scharfe Luder ist alle. Ich könnte dir noch einen Quickie on the Beach anbieten.

»Das wird ja immer besser.« Maike hielt die Hand auf.

»Gute Nacht, Süße.« Zoe legte das Fläschchen hinein und stieg dann langsam die Leitersprossen hinab. »Das sehnsüchtige Warten hat sich erledigt. Ich höre Mark bereits bis hier schnarchen.«

Maike lachte. »Schlaf schön.«

Sie machte es sich auf der aufblasbaren Gästematratze gemütlich, griff nach ihrem Smartphone und checkte ein letztes Mal für heute ihre Nachrichten. Martin hatte ihr Bilder von übereinandergestapelten Kartons geschickt, die sie mit einem Herz-Emoji und einem Daumen hoch beantwortete. Jens hatte ihr die freigegebene Obduktion durch die Staatsanwaltschaft bestätigt, was ihre Gedanken augenblicklich zu Sandro driften ließ. Er genoss gerade die mexikanische Sonne auf seinem Waschbrettbauch und konnte sich vermutlich vor weiblichen Verehrerinnen kaum retten.

Maike wollte das Handy schon beiseitelegen, da kam ihr Klaus Böttger wieder in den Sinn. Sie gab seinen Namen in die Suchmaske ein und scrollte über die Presse-Artikel auf der ersten Ergebnisseite. Der aktuellste stammte vom Niederteerbacher Volksblatt und berichtete vom Auftritt des Chors beim letzten Sommerfest. Das Foto hatte sie am Nachmittag für die Befragungen genutzt. Die anderen Artikel waren mindestens elf Jahre alt und handelten von Auftritten, als er noch Mitglied im Chor der Kölner Oper gewesen war.

Sie legte das Smartphone neben sich auf den Boden, zog sich ein weiteres Kissen heran, drehte sich auf den Rücken und starrte an die Decke.

Sie hatte verdammt noch mal selbst an einem der Biertische gesessen, höchstens fünfzig Schritte von dem Backstage-Zelt entfernt. Und sie war noch nicht einmal von irgendeiner einschläfernden Kräutermischung ihrer Wahrnehmung beraubt worden, so wie beim Mord im Meditationsstudio. So frustrierend es war, dass niemand etwas bemerkt haben wollte, sie konnte es nachvollziehen. Als der Chor die Bühne betrat, waren aller Augen auf die Sänger und Sängerinnen gerichtet gewesen. Jubel und Applaus hatten andere Geräusche verschluckt.

Dieser Mord war vermutlich keine spontane Tat gewesen, sondern geplant. Zeitlich darauf abgestimmt, dass die Festbesucher abgelenkt waren und der Chorleiter allein im Zelt zurückblieb.

Bisher sprachen die Indizien für Klaus Böttger. Er kannte sich mit dem Ablauf aus, hatte das Fest vor seiner Entlassung mit organisiert. Sie war gespannt darauf, was ihr der Mann bei ihrem Besuch entgegenzusetzen hatte.

4. Kapitel

»Guten Morgen.« Mira zwängte sich mit erhobenen behandschuhten Händen durch die Schwingtür in den Sezierraum, als würde sie zu einer OP schreiten.

»Da kommt ja unsere neue Doktorin«, sagte Zoe und hob an der rechten Hand, in der sie das blutverschmierte Skalpell hielt, den Daumen.

»Und prompt zu spät«, ergänzte Thomas und setzte eine gespielt ernste Miene auf.

»Aber aus gutem Grund«, erwiderte Mira und strahlte in die Runde. »Ich habe gerade meinen unbefristeten Arbeitsvertrag unterschrieben.« Sie quiekte entzückt.

Die Anwesenden legten die Instrumente beiseite und klatschten mit behandschuhten Händen Beifall.

»Etwa bei uns?«, rief ein Kollege vom hinteren Seziertisch, auf dem gerade eine Wasserleiche untersucht wurde.

Miras Grinsen wurde noch breiter. Sie deutete mit dem Kinn auf Zoe. »Auf persönliche Empfehlung meiner lieben Chefin«, verkündete sie.

»Der Himmel steh uns bei«, rief der Kollege und schaltete die Autopsiesäge ein.

»Hast du dir das reichlich überlegt, Zoe?«, rief ein anderer über den Lärm hinweg und zwinkerte ihr zu.

»Wer hätte das gedacht?«, sagte Thomas gerührt und sah zu dem ausgedruckten Foto an der Wand, von dem Mira ihn als irrer Clown verkleidet anstarrte. »Unser Joker wird erwachsen.«

»Das werde ich wohl nie«, entgegnete sie. »Aber zukünftig kannst du auch mal das Diktiergerät einschalten.«

Thomas blickte sie über den oberen Rand seiner Nickelbrille hinweg an. »Und schon wird sie frech.«

»Jetzt aber ran an die Arbeit«, warf Zoe ein und betrachtete den toten Chorleiter, dessen Brustkorb Thomas gerade mit einem Y-Schnitt öffnete.

»Die äußere Leichenschau haben wir schon abgeschlossen«, sagte er. »Bis auf die tödliche Wunde am Hals und einigen Hühneraugen an den Fußsohlen haben wir nichts Auffälliges gefunden.«

»Alles klar.« Mira trat neben sie. »Dann kümmere ich mich um den Mageninhalt.«

Zoe reichte ihr eine Pinzette. »Schau dir bitte vorher noch die Halswunde an und sage mir, was du darüber denkst.«

»Noch fürs Protokoll«, sprach Thomas vornehm in Richtung des laufenden Diktiergerätes. »Die neue Dr. Mira Tierbach ist der Obduktion als Ääärztin beigetreten.«

»Habt ihr heute Abend schon was vor?«, erkundigte sich Mira. »Ich würde euch gern zur Feier des Tages zum Essen einladen.«

Zoe warf Thomas einen verschwörerischen Blick zu. »Ich kann leider nicht, ich bin heute und die nächsten Abende schon verplant.«

»Bei mir sieht es auch schlecht aus«, sagte er. »Vielleicht nächste Woche mal.«

Mira zog einen Schmollmund. Die Enttäuschung war ihr ins Gesicht geschrieben, und Zoe musste sich zusammenreißen, um ihr nichts von der morgigen Überraschungsparty zu erzählen.

»Bleibts dabei, dass du morgen meinen Bereitschaftsdienst im Büro für mich übernimmst?«, hakte Zoe nach. »Ich will nur sichergehen, dass du es nicht vergisst.«

»Das geht klar«, antwortete Mira, nahm an der Halswunde einen Hautlappen mit der Pinzette auf und betrachtete die Stichverletzung.

Zoe trat an den Befundmonitor und sah sich zum dritten Mal die Röntgenaufnahme an.

»Wisst ihr schon etwas über die Mordwaffe?«, fragte Mira, schaute über Zoes Schulter und betrachtete die Aufnahme ebenfalls. »Die Art des Einstiches spricht nicht für ein normales Messer.«

»Der Tote wurde auf einem Büfetttisch vorgefunden«, erklärte Zoe. »Ich habe zuerst an eins der Käsemesser gedacht, die uns die Spusi zum Abgleich bereitstellt, sobald sie die Fingerabdrücke darauf gesichert haben.« Sie ging zu dem gefliesten Arbeitstisch, der unterhalb der vergitterten Kellerfenster über die gesamte Wandlänge reichte, und tippte auf einer Tastatur. »Aber die gängigen Formen passen auch nicht zu der Wunde.« Sie rief auf dem Computerbildschirm eine Seite auf, auf der unterschiedliche Käsemesser abgebildet waren.

»Wir hatten doch mal den Fall, bei dem sich ein Brieföffner als Tatwaffe herausstellte«, sagte Mira und rief ihnen den Mord an der Sterneköchin Anna Schmaus in Erinnerung.

»Hier können sämtliche spitze Gegenstände infrage kommen«, erwiderte Zoe, ging zum Kopfende des Seziertisches und schaltete die Lupenlampe ein.

Thomas knackte gerade mit einer Rippenzange den Brustkorb und schaffte so den Zugang zu den Organen. Mira stellte sich einen Messbecher samt Kelle bereit und widmete sich nach Freilegung dem Magen.

»Mal schauen, ob ich Partikel von der Tatwaffe sicherstellen kann«, sagte Zoe, griff zum Skalpell und eröffnete mit einem Schnitt einen größeren Zugang zur Halswunde.

Wie sie bereits gestern anhand des Blutverlustes vermutet hatte, war die Halsschlagader stark verletzt worden. Zoe leuchtete den Bereich bestmöglich aus und betrachtete die Verletzung eingehend. Mit der Pinzette arbeitete sie sich tiefer in die Wunde vor und stieß tatsächlich auf winzige Splitter, die sie ohne die Lupe vermutlich übersehen hätte.

»Ich glaube, ich hab hier was.«

Thomas war sofort an ihrer Seite, schaute Zoe über die Schulter und hielt ein Reagenzglas bereit, in das sie nach und nach alle auffindbaren Partikel mit der Pinzette hineingab.

»Das schaue ich mir gleich mal unter dem Mikroskop an.« Thomas ging zum Arbeitstisch, platzierte einen Partikel auf dem Objektträger und schob ihn unter das Objektiv. »Hm … Was meint ihr?«, fragte er, nachdem er das Mikroskop scharf eingestellt hatte, und trat beiseite.

Zoe sah mit einem Auge durch das Okular und betrachtete die bräunliche Substanz. »Ich würde spontan auf Rost tippen, aber das kann uns das Labor später genauer sagen.«

»Das würde irgendwelches Besteck vom Büfett schon mal ausschließen«, warf Mira ein und machte sich durch das Mikroskop ebenfalls ein Bild davon.

»Die Leiche wurde doch in einem Zelt gefunden.« Thomas ging zum Seziertisch zurück. »Wie heißen diese spitzen Dinger gleich, mit denen Zelte befestigt werden?«

»Heringe«, antwortete Mira. »Aber die sind viel zu stumpf.«

Zoe zog die Handschuhe aus. »Der Niederteerbacher Dorfplatz ist gepflastert«, sagte sie. »In dem Fall kamen Anker zum Einsatz. Die passen von der Form her auch nicht zur Wunde und außerdem wäre die dann verschmutzt.«

»Vielleicht hat die Spurensicherung noch irgendwelche spitzen Gegenstände sichergestellt, an die wir jetzt noch nicht denken«, gab Mira zu bedenken.

Zoe nickte. »Ich rufe mal bei Pöller an.« Sie warf die Handschuhe in einen Abfallbehälter. Dann nahm sie das Handy aus ihrem Fach, wählte die Nummer und lauschte dem Klingelton.

»Dididum ... Kein Anschluss unter dieser Nummer«, meldete er sich. »Sollten Sie in Auftrag von Kriminalhauptkommissarin Pech anrufen, laufen Sie Gefahr, in wenigen Sekunden blockiert zu werden. Haben Sie stattdessen gute Absichten, sprechen Sie nach dem Piepton. Piiiep.«

»Sie waren gestern eindeutig zu lange der Hitze ausgesetzt, Pöllerchen.«

»Dem stimme ich uneingeschränkt zu. Unterschreiben Sie meine Petition für eine satte Gehaltserhöhung?«

Zoe drehte sich von Mira und Thomas weg und ging Richtung Ausgang. »Wenn Sie nicht vergessen, dass Sie morgen zu Miras Doktorfeier kommen, tue ich das sehr gern«, flüsterte sie.

Er lachte. »Jetzt haben Sie mich am Haken.«

»Gut so. Der Grund, weshalb ich eigentlich anrufe … Haben Sie gestern im Zelt außer der Käsemesser und Zeltanker noch andere spitz zulaufende Gegenstände eingesammelt?«

»Lassen Sie mich mal überlegen … Da waren ein Schraubenzieher und ein paar Haarnadeln. Die Taschen und Rucksäcke der Chormitglieder werden heute erst kontrolliert. Das haben wir gestern nicht mehr geschafft.«

Zoe atmete tief durch. »Schraubenzieher und Haarnadeln passen nicht.«

»Ansonsten kann ich mich gerade nicht erinnern, da muss ich die beschlagnahmten Sachen später durchsehen, wenn ich diese Bürgermeisterin los bin. Es kotzt mich an, wenn Leute in hohen Positionen ihre privaten Kontakte spielen lassen und ich alles andere liegen lassen muss, um deren Anliegen Priorität einzuräumen.«

»Ja, das kennen wir wohl alle«, erwiderte Zoe und ging zurück zu Mira und Thomas. »Melden Sie sich bitte, falls Sie auf etwas Interessantes stoßen. Ansonsten bis morgen.« Sie legte auf.

Mira war dabei, mit der Kelle den Mageninhalt herauszuschöpfen und diesen in den Messbecher zu füllen.

»Also eins kann ich schon mal sagen: Von den berüchtigten Käseplatten hat er nicht genascht.«

Zoe musterte das Gesicht des toten Chorleiters, als Thomas zur Tat schritt und die Säge für den Schädel einschaltete. Das Telefon hielt sie noch in der Hand. Sie würde Maike schnell über die bisherigen Erkenntnisse informieren, bevor sie sich wieder Handschuhe überstreifte und sich der Obduktion widmete.

Beim zweiten Klingeln ging Maike ran. »Ich hoffe, du hast etwas für mich?«

Zoe hielt sich das freie Ohr zu und bedeutete Thomas mit einem Blick, dass er die Säge kurz ausschalten sollte.

»Leider nicht viel«, erwiderte sie, als er ihrer stummen Aufforderung nachgekommen war. »Laut dem Eintrittswinkel der Mordwaffe wurde das Opfer von hinten angegriffen und seitlich in den Hals gestochen. Wie schon vermutet, starb er durch starken Blutverlust. Ein Riss in der Schlagader. Zur Tatwaffe kann ich dir nur so viel sagen, dass es kein Messer war. Wir haben Partikel gefunden, die auf Rost hinweisen. Das war es erst mal.«

Maike grummelte etwas, das Zoe nicht verstand.

»Wie bitte?«

»Wär ja auch zu schön gewesen ... Was soll's. Ich rufe bei Pöller an und hake nach, welche spitzen Gegenstände sie eingesammelt haben. Aber ich habe sowieso nicht damit gerechnet, dass der Täter oder die Täterin die Mordwaffe zurückgelassen hat. Dafür hätte sie gesäubert werden müssen und dazu fehlte die Zeit.«

»Von einem Anruf bei Pöller würde ich dir abraten. Du läufst nämlich Gefahr, von ihm blockiert zu werden, und außerdem habe ich ihm die Frage schon gestellt. Ohne Ergebnis«

»Ja, ja, der Pöller und ich. Das ist so eine Hass-Liebe, weißt du«, erwiderte Maike lachend. »Dem sitzt aber auch immer ein Furz quer.«

Zoe schmunzelte. »Heute ist es irgendeine Bürgermeisterin, mit der er sich herumschlagen muss.«

Maike gab ein grunzendes Geräusch von sich. »Da erinnerst du mich an was. Mit meiner muss ich heute auch noch ins Gefecht ziehen. Ich mach drei Kreuze, wenn ich das hinter mir habe.«

5. Kapitel

Maike schob das Handy in ihre Hosentasche, streckte die Arme in die Höhe und dehnte sich. Durch das Fenster, das sie sich mit dem Büro von Gabi und Lukas jenseits der Rigipswand teilte, wehte nicht das kleinste Lüftchen hinein. Einzig der Ventilator spendete ihr ein wenig Abkühlung.

»Kaffee!«, rief Gabi von nebenan.

Sofort war Maike auf den Beinen und auf dem Weg ins Nachbarbüro. Lukas griff schon nach einem Kaffeebecher von Harrys Fressoase, den Gabi mit drei anderen in einem Becherhalter aus Recyclingkarton transportierte.

Normalerweise war Lukas ein Teetrinker.

»Gestern ist es spät geworden. Ich brauche heute auch Koffein«, erklärte er auf Maikes fragenden Blick hin.

Sie nahm ihren Kaffee entgegen und ließ sich auf den Stuhl vor Gabis Schreibtisch sinken, während diese dahinter Platz nahm. »Du bist ein Engel, Gabi.«

Lukas kehrte zu seinem Arbeitsplatz zurück und prostete den beiden zu.

»Ich wollte gestern noch einen Kuchen backen«, ließ Gabi sie wissen. »Aber dann kam der Mord dazwischen und deshalb habe ich nur Kekse dabei.« Sie kramte zwei Packungen unterschiedlicher Sorten aus ihrer

Schublade, wovon sich Maike sofort die Schokoladigen schnappte.

Sie vermisste ihre Marzipanschokolade. Aber bei der Hitze konnte sie die unmöglich im Büro aufbewahren. Wenn sie die Graefe später zu der Kündigung des alten und der Einstellung des neuen Chorleiters befragte, würde sie neben der Klimaanlage auch einen neuen Kühlschrank für die beiden Büros der Wache ins Gespräch bringen. Seit der uralte Winzling kaputt gegangen war, hatte die Graefe nichts in die Wege geleitet, um ihn zu ersetzen.

»Der arme Dietrich«, sagte Gabi und biss in einen Keks. »Ich konnte seine beiden Frauen bisher nicht erreichen, war schon zweimal bei ihnen zu Hause und habe geklingelt. Aber das Grundstück scheint verlassen zu sein.«

»Das ist seltsam«, merkte Lukas an. »Nicht, dass die beiden vielleicht auch längst zu Opfern wurden. Es ist doch möglich, dass es jemand auf die ganze Familie abgesehen hat.«

»Jetzt mal langsam.« Maike band ihre Haare zusammen und wischte sich mit der Hand über den verschwitzten Nacken. »Es stimmt also, dass Lindgraf mit zwei Frauen liiert war?«

Gabi nahm sich einen zweiten Keks. »Ja, ja, die leben schon seit Jahren zusammen. Bevor die Geliebte zu Dietrich und seiner Frau Ayse gezogen ist, haben sie extra angebaut.«

Maike ließ sich den Schokoladenkeks genüsslich auf der Zunge zergehen. »Du kennst die Lindgrafs gut, bist du mit ihnen per du?«

»Das bin ich hier im Dorf eigentlich mit fast allen. Zumindest mit denen, die von hier stammen.«

Wer zieht auch schon freiwillig nach Niederteerbach, dachte Maike und klopfte sich imaginär auf die Schulter.

Sie setzte den Kaffeebecher an die Lippen und trank zwei Schlucke. »Wie wurde denn die Dreierbeziehung hier im Dorf aufgenommen? Hat sich jemand gegen Polyamorie ausgesprochen?«

Gabi winkte ab. »Nicht, wie du denkst. Klar, anfänglich gab es Gerede. Aber wie schon gesagt, die leben schon seit Jahren in dieser Konstellation. Inzwischen interessiert das hier niemanden mehr.« Sie nahm einen Stapel Briefe auf und sah ihn durch.

»Du würdest also ausschließen, dass jemand den Mord verübt hat, weil er eine solch unkonventionelle Beziehung nicht tolerieren konnte?«, hakte Maike nach.

»Es gab den Lindgrafs gegenüber nie diskriminierendes oder gar aggressives Verhalten«, erwiderte Gabi. »Nur Getratsche.« Sie teilte die Briefe in verschiedene Stapel auf. »Wir haben Post bekommen, die eigentlich fürs Standesamt bestimmt ist. Da musste wohl mal wieder der Briefträger von Oberteerbach einspringen, weil unsere Sybille im Urlaub ist. Der Sebastian Lorenz hat jedes Mal Probleme, die Briefe richtig zuzuordnen.«

Maike seufzte. »Ja, ich spiele zurzeit auch wieder Aushilfe bei der Post und liefere regelmäßig falsch zugestellte Briefe an die Bäckerei aus.«

»Falls wir die beiden Frauen nicht bald ausfindig machen, sollten wir es auf jeden Fall trotzdem als Motiv in

Betracht ziehen«, warf Lukas ein und machte sich Notizen. »Ich habe ein komisches Gefühl dabei.«

Gabi schob die Briefe beiseite und steckte sich den dritten Keks in den Mund. »Ich habe von meinem Neffen die Telefonnummer von der Tochter der Lindgrafs erhalten. Die haben zusammen Abi gemacht und ich habe mich daran erinnert, dass er vor zwei Jahren mal ein Klassentreffen organisiert hat.« Sie hob einen Zettel in die Luft. »Ich hoffe, die Nummer ist noch aktuell.«

Maike schnalzte mit der Zunge. »Sehr gut. Übernimmst du es bitte, sie vom Tod ihres Vaters in Kenntnis zu setzen und bringst in Erfahrung, wo die beiden Frauen stecken?«

»Wird erledigt.« Gabi tippte die Nummer ins Telefon und wandte ihnen mit dem Drehstuhl den Rücken zu.

»Hast du gestern bei den Befragungen noch etwas Erwähnenswertes herausgefunden?«, erkundigte Maike sich bei Lukas.

Er nahm einen Schnellhefter auf, kam um seinen Schreibtisch herum und überreichte ihn ihr. »Ich bin noch nicht dazu gekommen, die Protokollnotizen abzutippen. Zusammenfassend will niemand etwas gesehen haben, nur drei Personen haben Hinweise abgegeben.«

Maike widerstand dem Drang, ihre Beine auf den Schreibtisch zu legen, lehnte sich jedoch in eine einigermaßen bequeme Position zurück. »Schieß los. Ich bin viel zu müde, um mich durch deine Aufzeichnungen zu lesen.« Sie legte den Hefter beiseite.

»Die Moni vom Frisörladen hat in der Nähe des Zeltes gestanden«, begann Lukas seinen Bericht. »Sie glaubt, weibliche Stimmen im Zelt gehört zu haben.«

Maike gönnte sich die letzten Kaffeetropfen und schielte auf den Becherhalter, in dem noch ein voller Becher stand. Für wen Gabi den wohl mitgebracht hatte? Da sie nach wie vor mit der Tochter vom Lindgraf telefonierte, konnte Maike gerade nicht nachfragen. Ob sie ihn sich vielleicht einfach stibitzen durfte?

»Wenn das stimmt, hätten wir mindestens zwei Täterinnen, und Dietrich Lindgraf hätte keinen Ton von sich gegeben, während er starb.« Lukas verzog das Gesicht. »Vielleicht tatsächlich die Ehefrau und die Geliebte, die ihn aus irgendeinem Grund loswerden wollten?«

»Oder er selbst hatte eine Falsettstimme«, schlug Maike vor, erntete aber von Lukas nur einen verständnislosen Blick. »Du weißt schon, diese hohe Männerstimme ... egal. Was hast du noch?«

Lukas blätterte im Hefter und setzte ein breites Grinsen auf. »Frau Kuschel hat eine negative Energie verspürt.«

»Nein? Echt?«, brach es gespielt empört aus Maike heraus. »Na, das ist ja mal ganz was Neues. Und ist das ein Wunder, wenn die Graefe die ganze Zeit in der Nähe war? Da empfängt man schon mal schlechte Schwingungen.«

Lukas lachte. »Ich hab sie selig lächelnd über den Platz schweben sehen. Bei ihrem Laufstil denkst du echt, ihre Füße berühren den Boden nicht.«

Maike lachte ebenfalls. »Ich habe sie dabei erwischt, wie sie hinter einer Bude ihre Pilzzigarette geraucht hat.«

Er schüttelte den Kopf. »So viel also dazu.«

»Weiter im Protokoll«, forderte sie ihn auf.

Er salutierte grinsend. »Herr Landgraf will gesehen haben, wie ein Mann ins Zelt gegangen ist.«

Maike hob eine Augenbraue. »Mein Vermieter? Seit wann traut der sich denn auf die Straße? Ich hab ihn bisher immer nur aus dem Fenster gaffen sehen.«

»Das Dorffest ist eben ein Highlight«, sagte Gabi, die ihr Telefonat soeben beendet hatte. »Die Tochter schien über die Nachricht vom Tod ihres Vaters erschüttert. Ihre Mutter ist mit der Geliebten in Norwegen im Urlaub. Sie gibt ihnen Bescheid.« Wieder nahm Gabi sich einen Keks. »Ich hab schon mal zeitnah euren Besuch angekündigt.«

»Sie fahren ohne ihren Dietrich in den Urlaub?«, hakte Maike nach. »Deutet das auf eine Beziehungskrise hin?«

»Ich sag's ja. Sind die beiden wirklich in Norwegen oder täuschen sie die Reise nur vor?«, murmelte Lukas und machte sich wieder Notizen. »Dem sollten wir nachgehen.«

Maike griff nach dem Hefter und fächerte sich Luft zu. »Kommen wir noch mal zu meinem Vermieter. Konnte er die Person beschreiben, die er beim Zelt gesehen hat?«

Lukas nickte. »Ein Mann zwischen 60 und 70, Glatze, trug Anzughose und ein weißes Hemd, eher klein.«

Sie wartete, dass er weitersprach, und stieß die Luft aus, als er es nicht tat. »Das war's? Auf diese Beschreibung passt ja etwa ein Drittel der Niederteerbacher.« Sie schielte wieder zu dem übrig gebliebenen Kaffeebecher. »Für wen hast du eigentlich den vierten Kaffee mitgebracht, Gabi?«

»Ach herrje.« Sie sprang auf und eilte zur Tür. »Jetzt hätte ich fast den Horst in seiner Arrestzelle vergessen.«

Das war's also. Eine Zugabe Koffein konnte Maike sich abschminken.

Ihr kam der alte Chorleiter wieder in den Sinn und sie suchte auf ihrem Handy nach dessen Foto. »Ich finde, der Mann, den der Landgraf ins Zelt hat hineingehen sehen, könnte der Beschreibung nach auf Klaus Böttger passen.«

Lukas rief das Bild ebenfalls auf seinem Handy auf und betrachtete es. »Der ist auf unserer Zeugen-Befragungsliste nicht drauf. Da bin ich sicher. Er war definitiv nicht auf dem Fest.«

Maike massierte sich die Schläfen. »Das spielt im Grunde keine Rolle. Bei den vielen Leuten können wir nicht ausschließen, dass sich jemand davongeschlichen hat. Bis die Verstärkung eingetroffen ist, herrschte da Chaos.«

Sie stand auf, ging zum Ventilator und dachte daran, wie es sich anfühlen würde, wenn ihr ein eiskaltes Kölsch die Kehle hinabbrann. Was auch immer sie als Nächstes tun würde – vorher würde sie Harry einen Besuch abstatten und ihn um ein kühles Getränk anbetteln.

»Wenn ich mit Gabilein baden geh und mit den Füßen schon im Wasser steh …«, hörte sie Horst vom Gang her singen und musste sich ein Lachen verkneifen. Niederteerbach wäre ohne ihn nicht dasselbe, dachte sie.

Vielleicht wollte er seinen Kaffee gar nicht? Zumindest konnte sie ihn fragen.

»Guten Morgen«, grüßte sie ihn, als er mit Gabi das Büro betrat.

»Maikelein.« Er grinste sie an, nahm den Kaffeebecher dankend von Gabi entgegen, prostete ihr zu, und trank in schnellen Zügen, als würde sein Leben davon abhängen.

»Ich hab hier noch ein paar andere Fotos von Klaus Böttger gefunden«, sagte Lukas und drehte ihr seinen Computerbildschirm zu.

Maike trat näher und verengte die Augen. Ein Foto zeigte den alten Chorleiter im Vordergrund auf einer Bühne, den Mund weit offen, als würde er wie Horst ein Lied schmettern. Im Hintergrund bildete ein Chor seine musikalische Begleitung.

»Wenn ich mit Maikelein baden geh und bis zu den Knien im Wasser steh ...« Horst tänzelte singend auf sie zu und lud sie mit ausgebreiteten Armen zum Tanzen ein. Auf ihr energisches Kopfschütteln hin änderte er abrupt die Richtung und schnappte sich Gabi.

»Der Artikel ist acht Jahre alt.« Maike überflog den dazugehörigen Text und blieb bei der namentlichen Aufzählung der Chormitglieder hängen. »Moment mal.« Sie suchte mit ihrem Blick die Reihen der Chorsänger ab und schnippte mit den Fingern. »Siehst du, was ich sehe?«

Lukas drehte den Bildschirm wieder zu sich und starrte darauf.

»Schau dir mal die vorderste Reihe vom Chor genauer an«, sagte sie.

»Na, sieh mal einer an«, stieß er nun aus. »Dietrich Lindgraf war auch mit von der Partie.«

Maike nickte. »Unser Opfer und Klaus Böttger kannten sich, und zwar schon lange. Anscheinend waren sie früher beide im Kölner Opernchor.«

Lukas zückte wieder seinen Notizblock. »Wir sollten dort nachfragen, wie damals ihr Verhältnis zueinander war.«

»Mir wird schon ganz schwindelig«, rief Gabi. Sie brachte Horst und sich zum Stehen und platzierte ihn auf ihrem Schreibtischstuhl. »Jetzt iss noch einen Keks und dann gehst du nach Hause.«

»Och, Gabilein. Bei euch ist es doch viel schöner.«

Sie tätschelte ihm die Wange. »Du kommst ja bald wieder. Wir müssen hier auch mal arbeiten.«

»Frau Pech, Frau Pech!«, schallte es draußen vom Gang. Klackernde Schritte näherten sich, die eindeutig der Bürgermeisterin zuzuordnen waren.

Maike rollte mit den Augen und seufzte. »Ich hatte ihre Existenz gerade für kurze Zeit verdrängt.«

Sie hatte kaum ausgesprochen, da stürmte Sabine Graefe herein. »Frau Pech ... Es ist etwas Schreckliches ...«

»Graefchen«, rief Horst und klatschte in die Hände. Er stand auf und torkelte auf sie zu. »Wenn ich mit dem Graefchen baden geh und bis zum Schwa...a...an...«

Sie riss die Augen auf. »Wenn Sie jetzt weiter singen, Herr von Deich, steht Ihnen das Wasser gleich bis zum Hals.« Mit hektischen Handbewegungen scheuchte sie ihn von sich weg und zischte dabei, als würde sie eine Schar Gänse vertreiben. Dann wandte sie sich Maike wieder ruckartig zu.

»Frau Pech, Sie müssen mit mir kommen. Es ist etwas Schreckliches passiert.«

6. Kapitel

Die Graefe faselte unentwegt etwas von einer Trophäe und stolzierte voraus, während Maike und Gabi ihr folgten und sich gelegentlich entnervte Blicke zuwarfen.

Das Büro der Bürgermeisterin befand sich im dritten Stock des Rathauses, verborgen hinter einer zweiflügeligen schweren Holztür, in der je zur Hälfte das Niederteerbacher Wappen eingeschnitzt war. Im Vorraum saß Nicholas von Marking und errötete, als er Maike erblickte. Seit sie ihn und ihre Nichte Sarah beim Knutschen im Aktenraum erwischt hatte, verhielt er sich ihr gegenüber äußerst unentspannt.

Ins Büro der Bürgermeisterin war Maike bisher noch nie vorgedrungen. Jetzt betrat sie hinter der Graefe und Gabi die heilige Halle.

»Das ist ein Skandal! Ich bin fassungslos, einfach zutiefst erschüttert. Sie müssen sofort etwas unternehmen.«

Die Graefe redete sich in Rage und Maike hatte noch nicht erfassen können, um was es eigentlich ging.

»Was werden Sie also tun?«, fragte die Bürgermeisterin.

Maike hatte nichts mehr von dem zuvor Gesagten mitbekommen. »Äh, wie bitte? Sie müssen schon entschuldigen, Frau Graefe, aber heute ist es so heiß, dass Frau Petzold und ich uns nur schwer konzentrieren können.« Sie stellte sich vielsagend neben den Kühlschrank. »Dürften wir uns bedienen? Ein kühles Getränk weckt unsere Geister. Dann kümmern wir uns um Ihr Anliegen.«

»Ja, ja.« Sabine Graefe fuchtelte mit den Händen, als wollte sie Tiere vertreiben.

»Was möchtest du, Gabi? Hier gibt es beinahe alles, was das Herz begehrt.«

»Ein kaltes Wasser, bitte«, antwortete sie und trat zu ihr.

»Sei doch nicht so bescheiden«, sagte Maike und zwinkerte ihr zu. »Unsere Bürgermeisterin ist bestens ausgestattet.«

Sie öffnete die gläserne Kühlschranktür und schenkte der Graefe dabei ein übertriebenes Lächeln. Für Gabi nahm sie ein stilles Wasser sowie ungefragt ein belegtes Sandwich und einen Müsliriegel heraus und drückte ihr alles beherzt in die Hände. Eine Cola, zwei Schokoriegel und ein Eiskaffee fielen für sie selbst ab.

Sabine Graefe beobachtete Maikes Handeln schweigend, wobei eine ihrer Augenbrauen immer weiter in die Höhe wanderte.

Maike ließ sich neben Gabi in einen der zwei urigen Ledersessel gegenüber dem Schreibtisch sinken. Sie trank die Cola bis zur Hälfte in einem Zug leer. Dann biss sie beherzt in einen Schokoriegel.

»Können wir dann?«, fragte die Graefe, wobei ihre zweite Augenbraue ebenfalls nach oben wanderte.

»Sie haben doch überallhin Kontakte«, sagte Maike kauend. »Könnten Sie uns vielleicht über den kleinen Dienstweg eine Klimaanlage und einen Kühlschrank für unsere Wache besorgen? Da könnten wir viel konzentrierter unserer Arbeit nachgehen.«

»Ich werde sehen, was ich tun kann«, erwiderte die Graefe und ließ beide Augenbrauen gleichzeitig sinken. »Ich gebe für Niederteerbach immer mein Bestes.«

»Was ist denn passiert? Warum sind Sie so aufgeregt?«, erkundigte sich Maike und widmete ihr nun die volle Aufmerksamkeit. Nach dem kühlen Getränk und mit Zucker im Blut fühlte sie sich gleich viel aufnahmefähiger.

»Wie können wir helfen?«, hakte auch Gabi nach.

»Das sagte ich doch schon.« Sabine Graefe stand auf, stützte sich auf ihren kolossalen Tisch und beugte sich zu ihnen herüber. »Unsere Trophäe wurde gestohlen. Sie ist nicht im Koffer. Und dieser Mann von der Spurensicherung sagt, er wüsste von nichts.«

Jetzt hob Maike die Augenbrauen. »Ach, Sie waren das beim Pöller?«

»Dieser Mann«, echauffierte die Graefe sich. »Also, ich habe noch nie einen Menschen erlebt, der mich derart ignoriert hat!«

»Was wollten Sie denn bei der Spusi?«, fragte Gabi überrascht und nagte an ihrem Müsliriegel.

»Na, den Koffer abholen. Sie haben den gestern einfach mitgenommen. Da finden sich allein meine Fingerabdrücke drauf, jemand Fremden lasse ich gar nicht an das wertvolle Stück dran. Und jetzt ist er voller schwarzem Puder. Ob das jemals wieder abgeht?« Die Graefe sprach ohne Punkt und Komma.

Maike runzelte die Stirn. »Der Koffer ist wertvoll?«

»Doch nicht der Koffer. Der Taktstock!«

Jetzt verstand Maike gar nichts mehr.

»Unser Taktstock wurde gestohlen?«, brach es aus Gabi heraus. Anscheinend konnte sie etwas damit anfangen.

»Kann mich mal jemand aufklären?«

»Der Taktstock ist unserer Wahrzeichen«, erklärte Gabi, da die Graefe die Hände über dem Kopf zusammenlegte und einem Nervenzusammenbruch nahe schien. »Er stammt aus dem Mittelalter, gehörte einst dem Gründer unseres Dorfes, Gustav Teerbach, und ging nach seinem Tod 1833 in den Besitz der Gemeinde über. Damals waren Ober- und Niederteerbach noch eine Gemeinde, bis es 1876 zur Spaltung kam und ...«

»Alles klar«, unterbrach Maike sie. Nach Geschichtsunterricht war ihr jetzt ganz und gar nicht zumute.

»Da kann nur der Willy dahinterstecken«, meldete sich Sabine Graefe wieder zu Wort. »Der war total scharf drauf, unseren Taktstock im jährlichen Chorwettstreit als Siegestrophäe zu gewinnen, und er kennt den Code vom Zahlenschloss am Koffer. Dabei ist es historisch erwiesen, dass das antike Stück zu uns Niederteerbachern gehört.« Die Bürgermeisterin stand auf und deutete auf den Wandteppich hinter ihr. »Sehen Sie, in unserem Wappen ist der Taktstock als Symbol für unsere Gemeinde eingearbeitet. In dem von Oberteerbach kommt der Taktstock nicht vor. Also ist er unser Eigentum.«

Maike rieb sich die Stirn. »Na schön, also noch mal zusammengefasst: Der Chorwettbewerb entscheidet, wer den Taktstock als Gewinner ein Jahr lang bis zum

nächsten Wettstreit bekommt. Und nun ist der Taktstock aus dem Koffer gestohlen worden, der ein Zahlenschloss besitzt, von dem nur Sie und der Bürgermeister
von Oberteerbach den Code kennen.«

»Und die jeweiligen Chorleiter von Nieder- und Oberteerbach«, fügte Gabi hinzu. »In dem sich jährlich wie-
derholenden Wettbewerb zum Sommerfest nutzen die
jeweiligen Chorleiter den Taktstock für ihre Auftritte.«

Maike sah zwischen ihr und der Graefe hin und her.

»Von denen jetzt einer tot ist«, überlegte sie laut. »Den
Oberteerbacher Chorleiter sollten wir zeitnah befragen.«

Gabi winkte ab. »Das hab ich schon am Festtag gemacht. Zur Tatzeit hat er bei der Fressoase gesessen
und eine Currywurst gegessen. Das kann mein Harry
bezeugen.«

»Wie viel ist dieser Taktstock denn wert?«

Die Bürgermeisterin hob den Kopf. »Er hat für uns
höchsten ideellen Wert. Aber natürlich ist ein so altes
Stück auch materiell unbezahlbar.«

»Aus welchem Material besteht er denn? Gold, Sil-
ber?«, fragte Maike nach.

»Ein Taktstock muss leicht in der Hand liegen«, erklärte die Graefe. »Er ist aus schwarzem Ebenholz und
hat einige Goldverzierungen.«

Maike lehnte sich zurück und starrte wieder auf den
Wandteppich, auf dem ein kleiner Stab neben einer
Harke und einem Pferdewagen eingewebt war, umge-
ben von einem blättrigen Kranz. Heutzutage würde die
Abbildung von einem Sarg vor einem Hanfblatt das be-
schauliche Örtchen besser charakterisieren.

»Wenn er wertvoll ist, könnte er dem einen oder anderen durchaus einen Anreiz bieten, einen Mord dafür zu begehen.« Maike atmete tief durch. »Wurde das Zahlenschloss beschädigt?«

So heftig, wie die Bürgermeisterin den Kopf schüttelte, würde sie gleich ein Schleudertrauma bekommen. »Ich sag es Ihnen, da steckt der Willy dahinter. Aber überzeugen Sie sich selbst.«

Sie ging zu einem Schrank, schloss ihn auf und holte den länglichen Metallkoffer hervor, der Maike bereits am Festtag im Backstage-Zelt ins Auge gefallen war. Schwarzes Puder, das zur Abnahme von Fingerabdrücken genommen wurde, haftete auf der Oberfläche. Er stand offen, das Schloss schien in einwandfreiem Zustand zu sein.

»Der Taktstock muss im Zelt oder bei der Spurensicherung entwendet worden sein. Hier bewahre ich ihn in der gesicherten Vitrine auf, von der nur ich den Code kenne.« Sie deutete zu dem gläsernen Würfel, der auf einem Sockel neben ihrem Schreibtisch stand. Darin lag ein rotes Samtkissen, auf dem, wenn er nicht gerade gestohlen worden war, der Taktstock glorreich ruhte. »Ich nehme ihn nur einmal am Tag heraus und streichle ihn ...« Sie verschluckte sich und hustete. »Ich meine natürlich, dass ich ihn vom Staub säubere.« Sie hustete abermals. »Nur für das Fest lege ich ihn in den Koffer, und das habe ich auch dieses Mal höchstpersönlich getan und ihn dorthin gebracht. Ich habe ihn nur für einen Augenblick unbeaufsichtigt gelassen, als ich auf die Bühne musste.«

»Also während der Mord geschah«, murmelte Maike und versuchte, sich den Taktstock vorzustellen. »Aus

Ebenholz ist er, sagten Sie? Haben Sie eventuell ein Foto von dem guten Stück?«

»Selbstverständlich.« Die Bürgermeisterin ging zu einem Regal, nahm ein Fotoalbum zur Hand, legte es auf ihren Schreibtisch und blätterte darin. »Hier, sehen Sie!«

Maike und Gabi lehnten sich zu ihr über den Tisch.

»Ich hab es geahnt«, sagte Maike und schlug zur Bestätigung die flache Hand auf den Tisch, woraufhin Gabi und die Graefe zusammenzuckten. »'tschuldigung.« Sie sah Gabi an. »Ganz schön spitz das Teil, oder?«, sagte sie und wandte sich wieder der Bürgermeisterin zu. »Eine wahre Pracht, dieses kunstvoll geschnitzte Ebenholz am Griff. Mich würde allerdings eher interessieren, aus welchem Material das spitze Ende ist?«

Die Graefe hob die Hände. »Aus irgendeinem Metall, was weiß denn ich.«

»Du denkst an die Mordwaffe«, schlussfolgerte Gabi, als Maike aufstand und ihr Handy zur Hand nahm.

Sie fotografierte das Bild des Taktstocks, schickte das Foto an Zoe und rief sie an.

»Ich hab leider noch nichts Neues für dich«, meldete diese sich beim dritten Klingeln. »Die in der Wunde gefundenen Partikel werden erst noch im Labor untersucht. Du kennst das ja, bis ich Ergebnisse habe, kann es dauern.«

»Schau mal in unseren Chat«, sagte Maike ungeduldig. »Ich hab dir ein Bild geschickt.«

Sie hörte, wie Zoe das Handy auf Lautsprecher stellte. Während sie wartete, trommelte sie mit den Fingern der freien Hand auf ihren Oberschenkel. Die Blicke von Gabi und Graefe spiegelten ebenfalls Ungeduld wider.

»Du könntest richtig liegen«, sagte Zoe schließlich, ohne dass Maike ihr das Foto hatte erläutern müssen. »Ich tippe mal, das an der Spitze ist Eisen, und so alt, wie das Ding aussieht, wird es mit Rost behaftet sein. Die Form passt zur Stichwunde.«

Maike spürte ein zufriedenes Ziehen in der Brust. Jetzt war sie bei den Ermittlungen einen Schritt weiter. »Dann haben wir hier wohl unsere Tatwaffe gefunden. Jedenfalls theoretisch.«

»Bringst du sie mir zum genauen Abgleich persönlich vorbei oder schickst du einen Kurier?«, erkundigte sich Zoe.

»Weder noch. Der Taktstock gilt als gestohlen, heißt, der Täter oder die Täterin hat die Mordwaffe mitgenommen.«

Die Bürgermeisterin hielt sich die Hand vor den Mund und schüttelte unentwegt den Kopf. »Ich will das nicht glauben ... Unsere Trophäe ... eine Mordwaffe.«

»Ich melde mich später wieder«, sagte Maike zu Zoe und legte auf.

»Sind Sie sicher, dass nur Sie, Wilhelm Herzog und die jeweiligen Chorleiter den Code für das Kofferschloss kannten?«, meldete sich Gabi wieder zu Wort. Den Müsliriegel hatte sie gegessen und nun widmete sie sich nebenbei dem Schinken-Sandwich.

»Absolut. Ich sage es Ihnen doch. Da steckt der Willy dahinter.«

Gabi räusperte sich. »Na ja, der Oberteerbacher Bürgermeister und sein Chorleiter wurden während des

Mordes auf dem Fest gesehen. Sie haben somit ein Alibi, und Dietrich Lindgraf ist tot.«

Die Graefe schürzte die Lippen. »Wollen Sie mir etwa sagen, dass ich als einzige Wissende übrig bin und Sie mich verdächtigen?«

»Oder Dietrich Lindgraf hatte den Koffer vor seinem Auftritt bereits geöffnet und seinem Mörder ungewollt Zugang zur Mordwaffe ermöglicht«, schlug Gabi vor.

»Oder euer alter Chorleiter war es«, sagte Maike. »Wurde der Code nach seiner Entlassung geändert?«

Die Graefe starrte sie mit offenem Mund an. »Der Böttger?« Sie tippte sich mit dem Zeigefinger gegen das Kinn und begann, im Raum auf und ab zu gehen. »Der Code ist derselbe geblieben. An ihn habe ich noch gar nicht gedacht.«

Was wohl daran lag, dass Wilhelm Herzog in allen Belangen für Sabine Graefe ein Hauptverdächtiger war.

»Gab es Konflikte mit ihm?«, erkundigte Maike sich.

»Das kann man wohl sagen. Er hat seinen Posten als Chorleiter nur widerwillig geräumt.«

Maike nickte Gabi zu und ging zur Tür. »Dann weiß ich, was ich als Nächstes zu tun habe.« Kurz hielt sie inne und genoss einen letzten Moment die Kühle des Zimmers, bevor sie die Klinke herunterdrückte und in den überhitzten Flur des Rathauses entschwand.

7. Kapitel

Diese Baustellen machten Maike fertig. Jedes Mal, wenn sie den Nissan Cube stoppen musste, fuhr auch die Klimaanlage herunter. Kein Wunder, dass sich die Graefe einen neuen Dienstwagen zugelegt hatte. Vermutlich im selben Zuge, in dem sie ihr Büro in ein 5-Sterne-Resort verwandelt hatte. Es würde Maike nicht wundern, wenn sich hinter der Tür, die vom Büro der Bürgermeisterin in ein Nebenzimmer führte, nicht nur eine persönliche Toilette, sondern sogar ein nobles Bad mit Wasserfall-Dusche und Whirlpool-Badewanne befand.

Sobald sich der Stau auf der zweispurigen Autobahn nach Köln etwas lockerte, kämpfte sie sich zum Missfallen von Lukas im Slalom zwischen den anderen Autos weiter vor und nahm dafür wütendes Hupen in Kauf.

»Wenn du so weitermachst, zieht uns eine Streife raus oder wir werden von den anderen Verkehrsteilnehmern gelyncht.«

Lukas hielt sich am Haltegriff fest, als wäre sie mit 200 Sachen unterwegs.

»Entspann dich doch mal, du bist immer so verkrampft.«

»Ich soll mich entspannen?« Seine Stimme klang heiser. »Ich krieg hier gleich 'nen Herzkasper. Wir fahren nicht zu einem Notruf. Entspann du dich mal! Ansonsten kannst du gleich die Warnleuchte aufs Dach pappen und mit Blaulicht fahren.«

Sie sah ihn an und wackelte übertrieben mit den Augenbrauen. »Gute Idee.«

Er versuchte, eine strenge Miene aufzusetzen. »Untersteh dich, Maike Pech, sonst stelle ich dir höchstpersönlich einen Strafzettel aus und erteile dir drei Monate Fahrverbot.«

Sie lachte, tat ihm aber den Gefallen und blieb nun brav auf einer Fahrspur.

Eine Weile herrschte Schweigen, während sie immer wieder am Knopf der Klimaanlage drehte und an den Radiosendern herumstellte. Es frustrierte sie, hier so ihre Zeit totschlagen zu müssen. Immerhin hatte sie nur das eine Leben und am Ende vermutlich Monate davon im Stau zugebracht.

Sie konnte nicht anders und hupte, um den Rentner vor ihr dazu zu bringen, zu seinem Vorgänger aufzuschließen. Die mit den Hüten waren die Schlimmsten, die hielten den ganzen Verkehr auf.

Lukas neben ihr seufzte laut und deutlich.

»Du bist schlimmer als eine Mutter, weißt du das eigentlich?«

Er grinste sie an. »Dann lass uns ein Spiel spielen, um die Zeit bis zur Ankunft zu überbrücken«, schlug er vor. »Ich sehe was, was du nicht siehst, und das ist ...«

»Halt bloß die Klappe.«

»Was? Das hat meine Mutter auch immer mit meinen Schwestern und mir im Auto gespielt.«

Maike warf einen Blick auf das Navi. Sie hatten Köln inzwischen erreicht, würden durch den zähen Verkehr aber noch eine gute halbe Stunde bis zum Ziel brauchen, das sie eigentlich in zehn Minuten erreichen könnten. Die Tochter von Dietrich Lindgraf wohnte in Sülz, einem beliebten Stadtteil, wo junge Familien den Wochenmarkt zu einem hippen Event werden ließen.

Lukas hatte sofort zu dem alten Chorleiter Klaus Böttger aufbrechen wollen. Aber Maike wollte zuvor mit Dilek Lindgraf sprechen und sich anhören, was sie ihnen über ihren Vater und dessen zwei Frauen zu erzählen hatte. Da sie inzwischen herausgefunden hatten, dass Böttger und Lindgraf früher zusammen im selben Opernchor gesungen hatten, interessierte es sie brennend, welches Verhältnis sie zueinander gehabt hatten. Waren sie Freunde gewesen? Hatte es Streit gegeben? Bevor sie Klaus Böttger aufsuchte, wollte sie diese Informationen in der Hinterhand haben.

Ihr Smartphone, das in der Armaturenhalterung steckte, verkündete Martins Anruf. Da sie nicht wusste, ob Martin direkt in einen intimen Erzählmodus wechseln würde, und sie verhindern wollte, dass Lukas mithörte, nahm sie es heraus und hielt es sich ans Ohr.

»Guten Morgen«, flötete Martin in ihr Ohr.

»Wohl eher guten Mittag«, erwiderte sie.

»Oh, oh, ist da jemand schlecht gelaunt?«

»Neeeiiin, wie kommst du denn darauf? Ich hänge hier bei über 30 Grad mit meinem peniblen Kollegen im Stau ab ...« Sie warf Lukas einen Blick zu, der ihm sagte, dass sie ihn lieb hatte. Sein Blick machte ihr hingegen deutlich, was er davon hielt, dass sie beim Autofahren telefonierte. »Und bei dir so?«, fragte sie Martin, ignorierte Lukas' stummen Vorwurf, und wechselte das Handy in die andere Hand.

»Die meisten Kartons sind gepackt. Das Aussortieren hält mich etwas auf. Ich kann mich nur schwer entscheiden, was ich nicht mehr brauche.«

»Wie geht's dir damit? Bist du schon dabei, deine Entscheidung, nach Köln zu ziehen, zu bereuen?«

»Ich ziehe vor allem zu dir, in deine Nähe, Maike. Ob du es glaubst oder nicht, diese Entscheidung fällt mir leicht.«

Sie lächelte. »Wirst du deine Freunde und Kollegen nicht vermissen?«

Er seufzte. »Also ... Erstens: Zu meinen Freunden werde ich selbstverständlich Kontakt halten. Zweitens: Zu den Kollegen, die ich mag, werde ich auch Kontakt halten. Drittens: Ich ziehe nicht nach Alaska.«

Sie sah kurz zu Lukas und dann wieder auf die Straße. »Ich freue mich auf mehr Zeit mit dir«, sagte sie leise und konnte Lukas Grinsen regelrecht spüren.

»Du fehlst mir auch«, erwiderte Martin. Er wusste instinktiv, was sie ihm sagen wollte.

Sie räusperte sich. »Ich kümmere mich jetzt wieder um meinen Mordfall. Wir hören oder schreiben uns heute Abend noch mal, okay?«

»Alles klar. Falls du Hilfe brauchst, sag Bescheid.«

»Danke, ich komme schon klar.« Sie lachte und legte auf.

Lukas setzte einen verruchten Blick auf, drehte ihr die Schulter zu und formte mit den Lippen einen Kussmund. Als Antwort klatschte sie ihm die flache Hand gegen die Brust.

»Au, das hat weh getan.« Er rieb sich die Stelle.

»Verdient. Wie sieht es eigentlich bei dir und der Liebe aus?«

»Kein Kommentar.«

Jetzt schaute sie doppeldeutig. »Und dein Instagram-Account? Ist die Followeranzahl des sexy Kommissars weiter gestiegen?«

»Das wüsstest du, wenn du mir folgen würdest«, entgegnete er und grinste breit.

Sie lachte. »Das ist die Hitze. Wir haben heute wirklich einen an der Klatsche.«

»Aber wo du es gerade erwähnst ...« Er zückte sein Handy, hielt es schräg über sich ans Autodach und machte von ihnen beiden ein Selfie. »Frau Graefe hat sich für uns eingesetzt und für die Wache einen Account im sozialen Netzwerk einrichten lassen, den müssen wir langsam mal füllen.«

»Untersteh dich, dieses Foto irgendwo hochzuladen«, warnte sie ihn.

»Was denn? Du siehst doch toll aus. Hast nur zur Hälfte ein Auge zu und noch etwas Schokolade am Mundwinkel.«

Ihre Hand traf ihn abermals an der Brust, bevor sie damit ihren Mund sauber wischte. »Das hättest du mir auch schon mal eher sagen können.«

Endlich in Köln-Sülz angekommen, stellten sie das Auto in einer Parknische im Halteverbot ab. An einen offiziellen freien Parkplatz war in diesem Stadtviertel nicht zu denken. Lukas nahm die Karte, die sie als Einsatzfahrzeug auswies, aus dem Handschuhfach und legte sie ins Fenster. Wenn Maike allein unterwegs war, vergaß sie immer wieder, dass diese überhaupt existierte.

Lindgrafs Tochter wohnte in einem alten sanierten Reihenhaus. Anhand der ursprünglichen Bauweise der Siedlung vermutete Maike, dass die Häuser vor Kriegszeiten errichtet worden waren. Die unterschiedliche Gestaltung ließ darauf schließen, dass der Großteil der Leute, die hier lebten, die Besitzer selbst waren.

»Gabi hat uns angekündigt«, sagte Lukas und betätigte an dem grünen Eingangstor mit der Hausnummer 17 den Klingelknopf.

Maike deutete auf ein Holzschild mit aufgemalten Blumen und der Aufschrift: Bin im Garten. Daneben hing ein Schild, auf dem ein Schäferhund abgebildet war. Bei der dazugehörigen Warnung war Maike nicht sicher, ob die Besitzer diese ernst meinten oder lustig fanden.

»Also ich geh da nicht so einfach rein«, stellte Lukas klar, trat demonstrativ einen Schritt zurück, und nahm sein Handy zur Hand. »Ich rufe Gabi an und lass mir die Nummer der Frau geben.«

»Frau Lindgraf«, rief Maike.

Ihr antwortete ein lautes Bellen, bevor der Hund um die Hausecke preschte und ungestüm auf sie zustürmte.

»Alter!« Lukas ließ das Telefon sinken und wich noch weiter zurück.

Maike legte den Kopf schräg. »Er sieht tatsächlich hungrig aus.«

Lukas zog sie am Arm vom Tor zurück. »Wenn der will, schafft er es hier drüber.« Er klang panisch.

»Kennst du diesen Werbespot für eine Versicherung, wo ein Typ so einen riesigen Hund aufwiegelt und dann etwas weiter ein Loch im Zaun ist?«

Lukas riss den Kopf zu ihr herum. »Willst du mir damit sagen, ich hätte besser eine Versicherung abschließen sollen?«

Sie zuckte mit den Schultern. »Ich glaube, das ist bei unserem Job mit abgedeckt.«

Er runzelte die Stirn und machte den Eindruck, als würde er gedanklich seinen Arbeitsvertrag samt aller Anhänge durchgehen.

Statt sich allmählich zu beruhigen, steigerte der Hund sich immer energischer und lauter in die Verteidigung seines Grundstückes hinein. Maike bekam von dem Gekläffe schon Kopfschmerzen. Seine Besitzerin musste taub sein, wenn sie das hinter dem Haus im Garten nicht hörte.

»Ist ja gut. Wir tun dir nichts und du uns auch nicht.«

Den Job beim Lieferdienst musste man auch echt mögen wollen.

Das Klingeln ihres Handys verkündete einen Anruf. Sie zog es aus ihrer Hosentasche, sah auf dem Display die Nummer der Wache und hielt es sich ans Ohr.

»Was ist denn bei euch los?«, fragte Gabi. »Lukas hat mich angerufen, aber er spricht nicht mit mir. Ich höre nur dieses Bellen.«

Maike sah zu Lukas, der sein Telefon neben seinem Körper hielt und in eine Art Schockstarre verfallen war. Er sah den Hund mit weit aufgerissenen Augen an und verzog sonst keine Miene.

»Soweit alles gut bei uns. Gibst du mir bitte mal die Telefonnummer von Dilek Lindgraf? Ihr Hund will uns nicht reinlassen.«

»Sekunde.« Gabi legte das Telefon hörbar beiseite.

»Hallo«, sagte ein kleines Mädchen mit zwei dunklen geflochtenen Zöpfen. Sie war wie aus dem Nichts aufgetaucht, stand plötzlich neben dem Schäferhund und streichelte ihn zur Beruhigung. »Das ist Daisy. Die tut Ihnen nichts.«

Maike erwiderte das Lächeln der Kleinen. »Bist du dir da sicher?«

»Da kann man nie sicher sein«, hörte sie Lukas hinter sich flüstern.

»Sind Sie die Leute von der Polizei?«

Maike nickte.

Da sie im Gegensatz zu Lukas keine Uniform trug, musterte das Mädchen sie von oben bis unten und wirkte eher skeptisch.

»Möchtest du meine Dienstmarke sehen?«

Die Kleine nickte übereifrig. »Oh ja.«

Maike hielt sie ihr auf ihrer Seite des Tores auf Augenhöhe.

»Dürfen wir jetzt reinkommen?«

»Na klar.« Das Mädchen hielt Daisy am Halsband fest und öffnete das Tor. Wenn die Hündin gewollt hätte, hätte sie das zarte Wesen durch die gesamte Siedlung hinter sich her schleifen können. Aber sie hatte sich tatsächlich beruhigt und machte keine Anstalten, dies zu tun.

»Schau der Hündin nicht in die Augen und sprich sie mit Namen an, falls sie aufdringlich wird«, sagte Maike, während Lukas sich unschlüssig in Bewegung setzte. »Dann glaubt Daisy, du kennst sie.«

»Meinst du das gerade ernst oder machst du Spaß?« Er ging so dicht an ihrer Seite, als würde sie ihn ebenfalls am Halsband führen.

Maike fiel Gabi ein und sie hob das Handy wieder ans Ohr. »Gabi?«

»Ihr zwei macht mich fertig. Ihr ruft mich an und redet dann nicht mit mir.«

»Tut mir leid. Hat sich erledigt, ich brauch die Nummer nicht mehr. Oder warte, gib sie mir vorsichtshalber in den Chat. Vielleicht brauche ich sie die Tage doch noch mal. Danke.« Sie legte auf und deutete mit dem Kinn auf Lukas' Handy, dass er noch immer in der gesenkten Hand trug. »Falls Gabi es noch nicht gemacht hat, kannst du jetzt auflegen.« Sie schmunzelte, als er hektisch darauf herumtippte.

Sie folgten dem Mädchen hinters Haus, wo sie eine blumenreiche Terrasse erwartete, an die sich ein kleiner Garten anschloss.

Dilek Lindgraf war gerade dabei, Erde in Töpfe zu füllen und diese mit Stauden zu bepflanzen.

»Ah, dachte ich mir doch, dass Sie es sind.« Sie zog sich den Handschuh von der rechten Hand und streckte sie Maike entgegen.

Die Frau sollte nicht nur denken, sondern auch handeln, dachte Maike. Ihren Besuch beim Tor abzuholen war ihr offenbar nicht in den Sinn gekommen. Zudem machte sie nicht den Eindruck einer trauernden Tochter.

»Kriminalhauptkommissarin Maike Pech, das ist Polizeikommissar Lukas Yilmaz.« Sie trat zur Seite, damit sie auch ihm die Hand reichen konnte.

Er ließ dabei den Hund nicht aus den Augen. Doch der lag jetzt neben dem Sandkasten, in dem das Mädchen spielte, und widmete sich einem Kauknochen.

»Wir möchten Ihnen unser Mitgefühl zum Tod Ihres Vaters aussprechen«, sagte Maike und setzte sich auf einen der Korbstühle, auf die Dilek Lindgraf deutete.

»Danke.« Sie nahm zwei Gläser aus dem unteren Fach eines Beistelltisches und goss Wasser aus einem Krug, der zusätzlich mit Zitronenscheiben und Eiswürfeln gefüllt war. »Bei der Hitze muss ich ja sicherlich nicht erst fragen, ob Sie etwas trinken wollen.«

Maike lächelte dankbar und trank mehrere Schlucke.

»Wissen Sie, mein Vater und ich haben seit beinahe vierzehn Jahren kein Wort mehr miteinander gewechselt.« Sie schenkte sich selbst Wasser nach. »Es ist seltsam, zu wissen, dass er jetzt tot ist. Aber für mich ist er quasi schon seit Langem gestorben.«

Maike stellte ihr Glas ab und sah Dilek Lindgraf eindringlich an. »Das klingt hart. Unter den gegebenen Umständen verstehen Sie sicherlich, warum ich nach dem Grund für den Kontaktabbruch fragen muss.«

Dileks Blick glitt in die Ferne. »Bis ich dreizehn war, hatte ich eigentlich eine schöne Kindheit. Doch dann lernte mein Vater diese Frau kennen und mein Leben stellte sich auf den Kopf. Meine Mutter tat mir so leid und ich fühlte mich von ihm verraten. Ich verstand nicht, dass sie ruhig blieb und immer wieder bis spät in die Nacht Gespräche mit ihm führte. Und dann wollte sie die Frau auch noch kennenlernen.« Sie atmete tief durch und sah Maike und Lukas abwechselnd an. »Können Sie sich das vorstellen? Plötzlich ging die Geliebte meines Vaters bei uns ein und aus, und meine Mutter freundete sich auch noch mit ihr an.« Sie atmete abermals durch und strich sich mit dem Unterarm den dunklen Pony aus der Stirn. »Mit einer Scheidung wäre ich klargekommen, aber nicht damit. Ich kann meinem Vater das nicht verzeihen. Er hat unsere Familie zerstört. Plötzlich musste ich nicht nur akzeptieren, ihn verloren zu haben, sondern musste auch noch dabei zusehen, wie meine Mutter sich mit dieser Frau ein Bett teilte. Ich könnte kotzen, wenn ich nur daran denke.« Sie warf einen schnellen Blick zu ihrer Tochter und lehnte sich schließlich, um Selbstbeherrschung bemüht, zurück.

»Heißt das, Sie haben auch keinen Kontakt mehr zu ihrer Mutter?«, hakte Maike nach.

»Nur sporadisch. Sie holt ihre Enkeltochter regelmäßig ab und unternimmt etwas mit ihr. Ich verlange aber, dass sie Canel nicht mit zu sich nach Hause nimmt. Diese Dreierbeziehung würde sie doch völlig verstören.«

Nur, solange die Mutter diese Ansicht hat und sich vor der Kleinen negativ über die Beziehung äußert, dachte Maike. Aber das musste die Familie unter sich klären.

»Haben Sie vielleicht trotzdem eine Ahnung, ob Ihr Vater mit irgendjemanden Probleme oder Streit hatte?«

Dilek schüttelte den Kopf.

»Ist seine Beziehung zu den beiden Frauen noch glücklich? Immerhin sind sie ohne ihn in den Urlaub gefahren.«

»Ich habe wirklich keine Ahnung. Dass meine Mutter mit dieser Person in Norwegen ist, weiß ich nur, weil ich es in ihrem Status gesehen habe. Sie hat es mir nicht persönlich erzählt.«

Maike trank das Glas leer. »Ein paar letzte Fragen habe ich trotzdem noch. Sagt ihnen der Name Klaus Böttger etwas?«

Dilek lachte bösartig auf. »Das kann man wohl sagen.«

8. Kapitel

Maike war dankbar, dass ihnen auf der Rückfahrt nach Niederteerbach kein Stau bevorstand. Die Klimaanlage hatte sie so weit heruntergeregelt, dass Lukas sich sogar kurzzeitig über ein Frösteln beklagte. Doch das ignorierte sie geflissentlich.

»Bis kurz vor Ende habe ich echt gedacht, den Besuch bei Dilek Lindgraf hätten wir uns schenken können«, sagte sie.

»Dann hätten wir völlig umsonst unser Leben riskiert«, erwiderte Lukas.

Maike schmunzelte. Nach der Verabschiedung hatte er auf dem Weg zum Gartentor in Endlosschleife »Gute Daisy, brave Daisy« von sich gegeben, während die Hündin an den befestigten Handschellen an seinem Gürtel Gefallen gefunden und unentwegt daran geschnüffelt hatte. Den Augenkontakt zu der Schäferhündin hatte er dabei strengstens vermieden.

»Die Familie scheint ihr nicht mehr viel zu bedeuten«, sagte er. »Sie wusste nicht einmal, dass ihr Vater jetzt Chorleiter in Niederteerbach war.«

Maike sah in den Seitenspiegel und setzte zu einem Überholmanöver an. »Dafür konnte sie uns in Bezug auf Klaus Böttger weiterhelfen.«

»Sollten wir uns vielleicht noch mit diesem Opernchor in Verbindung setzen, bevor wir Böttger besuchen?«, fragte Lukas und umklammerte erneut den Haltegriff.

Sie scherte wieder auf ihre Spur ein. »Nein, es reicht, dass wir jetzt von ihrem jahrelangen Konkurrenzkampf wissen. Im Grunde ist es doch immer dasselbe. Beide waren dort Tenöre. Die Solistenstellen sind begehrt, jeder will der Beste sein. Und das setzte sich bis zu ihrem Ruhestand fort. Der eine wird Chorleiter und der andere sägt am Stuhl und nimmt seinen Platz ein.«

»Da hat schon weniger für ein Mordmotiv gereicht«, pflichtete Lukas ihr bei. »Wenn Böttger es war, glaubst du, dass er im Affekt zugestochen hat?«

Sie betätigte wieder den Blinker und überholte. »Schwer zu sagen. Der Mord hat kurz vor dem Auftritt stattgefunden, als alle Aufmerksamkeit schon auf der Bühne beim Chor lag und der Chorleiter alleine im Zelt war. Das spricht für eine geplante Tat. Klaus Böttger kennt den Ablauf, der ja offensichtlich jedes Jahr identisch ist, könnte also auch den Applaus zur Vertuschung von Geräuschen mit einberechnet haben.«

Lukas hielt sich zusätzlich mit einer Hand am Armaturenbrett fest, als sie wieder einscherte. »Oder er wollte ihn einfach noch mal zur Rede stellen und es kam zum Streit mit folgenschwerer Kurzschlussreaktion.« Er seufzte. »Können wir uns bitte darauf einigen, dass ich das nächste Mal wieder fahre?«

Maike blieb ihm eine Antwort schuldig. »Gibst du mal bitte die Adresse vom Böttger ins Navi ein«, bat sie ihn.

»Brauche ich nicht. Ich kenne mich in Niederteerbach und der gesamten Kölner Umgebung aus, was übrigens auch dafür spricht, dass ich fahren sollte.« Er wischte die feuchten Hände an seinen Hosenbeinen ab. »Ich hab den Niederteerbacher Straßenplan in mein Gehirn eingebrannt, als ich die Stelle hier bekam.«

Maike sprudelte die Luft aus. »Erwarte dafür bitte nicht mein Verständnis.«

Sie folgte seiner Wegbeschreibung und bog schließlich in die Straße ein, in der Klaus Böttger wohnte. Sein Haus erinnerte an einen Bungalow. Eine Veranda reichte um den Flachbau herum, umgeben von Sträuchern und Rasen. Am Eingang des Grundstückes führte eine kleine Einfahrt zu einer Fertigteilgarage aus Beton. Davor stand ein silbergrauer Ford, dessen Kofferraum offen stand. Klaus Böttger war dort zugange und beobachtete, wie sie direkt vor seiner Ausfahrt parkte und den Motor ausstellte.

»Guten Tag, Herr Böttger«, rief Lukas beim Aussteigen.

»Das ist Hauptkommissarin Maike P...«

»Ich weiß, wer Sie beide sind«, unterbrach er Lukas. »Wollen Sie zu mir? Ansonsten müssten Sie umparken. Sie stehen vor meiner Einfahrt und ich will gerade los.«

»Wo soll's denn hingehen?«, erkundigte sich Maike.

Böttger sah zwischen ihnen hin und her. »Mit Verlaub, aber das geht Sie nichts an.«

Maike trat einen Schritt auf ihn zu. »Waren Sie gestern auf dem Dorffest?«

»Nein«, antwortete er knapp.

»Warum nicht? Das ist doch für alle Niederteerbacher ein Highlight.«

»Für mich nicht mehr. Ich habe mich viele Jahre lang an der Organisation beteiligt und mich mit bestem

Wissen und Gewissen bei der Gestaltung des Programms eingebracht. Aber damit ist ein für alle Mal Schluss.«

Maike verschränkte die Arme vor der Brust. »Das klingt verbittert.«

»Jetzt tun Sie doch nicht so, als ob Sie es nicht wüssten. Das ganze Dorf spricht davon, dass ich nicht mehr der Leiter unseres Chores bin. Ich habe sie auf den Auftritt vorbereitet, habe mich ihnen mit meinem ganzen Herzblut verschrieben. Und zum Dank ...« Er winkte ab.

»Sie haben die Stelle nicht freiwillig aufgegeben. Haben Sie den Eindruck, dass Dietrich Lindgraf Sie ... sagen wir mal, vom Thron gestoßen und Ihren Platz eingenommen hat?«

»Dafür haben eher einige Chormitglieder gesorgt, die mit meinem Ehrgeiz und der erforderlichen Disziplin nicht umzugehen wussten. Und dann natürlich unsere ach so tolle Bürgermeisterin, die bei Beschwerden sofort bei Fuße kriecht, statt auf meiner Seite zu stehen. Dass der Lindgraf dann seine Chance ergreift, war ja klar. Aber deshalb bringe ich ihn noch lange nicht um.«

»Das heißt zu Kreuze kriechen«, berichtigte Lukas ihn.

Maike strich sich den Schweiß von der Schläfe. So kam sie nicht weiter. Sie musste ihn reizen, damit er seine Maske fallen ließ und sie sein wahres Gesicht erkennen konnte.

»Sind Sie sicher, dass er ermordet wurde und nicht an Herzversagen starb?«

»Hören Sie. Wir wohnen hier in einem Dorf. Da funktioniert der Klatsch und Tratsch. Es ist kein Geheimnis, dass Lindgraf und ich uns nicht grün waren. Aber ich bin der Falsche. Also verschwenden Sie nicht meine und Ihre Zeit. Guten Tag.« Er wandte sich ab, ging zu seinem Ford, öffnete die Fahrertür und sah sich zu ihnen um. »Wären Sie jetzt so freundlich?« Er deutete auf Maikes braunen Nissan.

»Sie sind mit dem Ablauf des Chorauftrittes während des Niederteerbacher Sommerfestes vertraut«, sagte Maike und lief ihm nach.

Böttger schlug die Tür zu und kam ihr sofort wieder ein Stück entgegen. Sie hatte den Eindruck, er wollte sie von seinem Auto fernhalten.

Auf Lukas machte sein Verhalten wohl denselben Eindruck, da er wie beiläufig an ihnen vorbeiging und sich hinter Böttger stellte.

Dieser reagierte sofort und brachte sich zwischen dem Auto und ihnen regelrecht in Stellung. Hier war eindeutig etwas faul.

»Der Aufenthalt im Backstagebereich, die Phase, in der der Chor einläuft ...«, fuhr sie fort und machte Anstalten, wieder an ihm vorbeizugehen. Sie wollte einen Blick ins Wageninnere werfen. Die Scheiben des Kombi waren nicht getönt.

Er stellte sich ihr sofort wieder in den Weg.

»Ach, was haben wir denn da?«, brach es aus Lukas heraus, der sich mit einem letzten Satz bis zum Ford durchgeschlagen hatte.

Böttger stieß die Luft aus und ließ die Schultern hängen.

»Es ist nicht das, wonach es aussieht.«

»Sie haben da wohl eine Trophäe zur Erinnerung mitgehen lassen«, sagte Maike, nachdem sie sich ebenfalls an Böttger vorbeigedrängt hatte und nun neben Lukas ins Wageninnere schaute.

Dort lag auf dem Rücksitz, in Zeitungspapier eingewickelt, ein länglicher Gegenstand, von dem, zu Böttgers Pech, der geschnitzte Griff am Ende herausschaute.

»Der Taktstock wurde mir untergejubelt. Ich wollte ihn gerade ins Rathaus zurückbringen«, stotterte Böttger. Von seinem sicheren Auftreten war nichts mehr übrig.

»Herr Böttger, Sie stehen hiermit unter dringendem Mordverdacht«, sagte Maike, während Lukas ihm auch schon die Handschellen anlegte. »Wir werden Sie jetzt zur Wache bringen und unsere Unterhaltung dort fortsetzen. Mein Kollege Yilmaz informiert Sie über Ihre Rechte.«

»Ich habe nichts mit Dietrichs Tod zu tun!«, schrie er und warf einen Blick auf seinen Nachbarn, den Maike jetzt erst am Zaun erspähte.

Damit war der nächste Tratsch im Dorf gesichert.

Böttger versuchte, sich aus Lukas' Griff zu winden, weshalb sie ihn am anderen Arm packte. Gemeinsam schoben sie ihn zum Wagen.

»Wenn Sie nicht kooperieren, gehe ich auch gern zu Fuß mit Ihnen in Handschellen durchs Dorf«, sagte Lukas, als Böttger sich weigerte, auf der Rückbank Platz zu nehmen. Für einen Mann in seinem Alter war er erstaunlich stark.

»Sie machen mich zum Gespött der Leute«, schimpfte er und gab schließlich nach. »Die Festnahme werden die Leute nie vergessen.«

Maike schlug die Tür zu und sah Lukas triumphierend an. »Ich sage Jens und der Staatsanwaltschaft

Bescheid. Übernimmst du Pöller? Für den hab ich heute keine Nerven.«

Lukas nickte und strahlte übers ganze Gesicht. Sie hatten ihn.

»Wird erledigt«, sagte er. »Und ich bleibe hier und warte auf die Spusi.«

Sie ging ums Auto herum und hob den Daumen. »Bewache den Taktstock mit deinem Leben.« Sie grinste ihn an. »Die Bürgermeisterin wird es dir ewig danken.«

Er lachte und griff zu seinem Handy.

Maike setzte sich hinters Steuer und startete den Motor. Böttger wetterte auf der Rückbank, was sie geflissentlich zu ignorieren versuchte. Sie wählte Jens 'Nummer und hielt sich das Handy ans Ohr.

»Hey Maike«, meldete er sich nach einmaligem Klingeln.

»Hey Chef. Ich habe gute Nachrichten.« Sie warf Böttger über den Rückspiegel einen kurzen Blick zu und fuhr los. »Wir haben die Tatwaffe und ich bin mit dem Tatverdächtigen auf dem Weg zur Wache.«

»Was ist denn bei dir los?«, erwiderte er. »Ich habe zwar nur die Hälfte verstanden, bin aber beeindruckt.«

Böttger schimpfte und beschwerte sich laut vor sich hin. Kein Wunder, dass Jens sie kaum verstand.

»Okay, ich hab keine Lust, dich anzuschreien«, rief sie in den Hörer. »Gibst du es bitte an den Staatsanwalt weiter?«

»Liegst du neuerdings mit Sandro Grasso im Clinch?«

»Quatsch, der ist im Urlaub.«

»Ach, stimmt. Ich kümmere mich. Gut gemacht. Ich klopfe dir auf die Schulter, wenn wir uns am

Wochenende zum Grillen bei uns sehen. Zoe und Mark kommen übrigens auch.«

»Danke. Bis dahin. Sag André liebe Grüße. Und für Emily ein Küsschen.«

Kaum hatte sie das Telefonat beendet, erreichte sie auch schon die Wache, und der Kampf, Böttger aus dem Auto raus, die Stufen zum Rathaus hoch und durch die Gänge zu manövrieren, ging weiter. Durch seine lauten Proteste und sein stetiges Winden wurden alle Leute auf sie aufmerksam. Sie konnte von Glück reden, dass die Ämter bereits geschlossen hatten und sich die Anzahl der Gaffer daher in Grenzen hielt. Ihr war bei der anhaltenden Hitze auch eher nach Feierabend, als nach einer anstrengenden Befragung zumute.

»Brauchst du Hilfe?«, rief Gabi am Ende des Ganges, als sie aus dem Fahrstuhl stiegen.

Böttgers Gezeter war anscheinend im ganzen Rathaus zu hören. Hoffentlich stand nicht gleich noch die Graefe auf der Matte.

»Frau Pech, was ist denn hier los?«

Als hätte sie es heraufbeschworen.

Sie drängte Böttger an Gabi vorbei in die Wache, weg von den klackernden Schritten in ihrem Rücken.

»Das ist Verleumdung«, stieß Böttger aus. Sein Gesicht war vor lauter Wut inzwischen so rot angelaufen, dass Maike gesundheitliche Schäden fürchtete. Die Glatze glänzte feucht und auch sonst schwitzte er aus allen Poren.

»Was ist denn das für ein Tumult?«, beschwerte sich die Bürgermeisterin beim Eintreten. »Es ist ...« Sie stockte. »Herr Böttger ...« Ihr Blick fiel auf die Handschellen. »Oh ... was ...?«

»Wir haben hier alles unter Kontrolle, Frau Graefe«, sagte Maike. »Wenn Sie uns jetzt bitte entschuldigen würden.«

»Herr Böttger, ich fasse es nicht. Sie?« Sabine Graefe hatte ihre Schlüsse gezogen. »Hätte ich es mir doch gleich denken können, so aufgebracht, wie Sie wegen Ihrer Entlassung als Chorleiter waren.«

»Was schwafeln Sie da für einen Mist?«, fuhr er sie an. »Da hätte ich doch lieber Sie um die Ecke gebracht als Dietrich. Am Ende sind wir doch alle Ihre Lakaien!«

»Also das ist ja unerhört.« Sabine Graefe hob das Kinn. »Ich verbitte mir …« Sie verstummte und verengte die Augen. »Wo ist der Taktstock? Sie haben ihn gestohlen, nicht wahr?«

»Zum hundertsten Mal, der wurde mir untergejubelt!«

Wenn der Mann weiter so schrie, hatte er bald keine Stimme mehr. Ein paar Ohrstöpsel sollten zur Ausstattung auf dem Revier gehören, dachte Maike.

»Geben Sie ihn zurück. Er gehört mir … Also, ich meine … unserer Gemeinde.« Die Graefe hatte offenbar völlig verdrängt, dass es sich um ein Beweisstück in einem Mordfall handelte. Oder es war ihr einfach egal. Sie machte ein paar Schritte auf Böttger zu und baute sich vor ihm auf. »Sie haben ihn doch nicht beschädigt? Sagen Sie mir, dass es ihm gut geht!«

»Sie sind wohl als Baby auch ein paar Mal zu heiß gebadet worden«, pfiff er sie an.

Maike biss sich auf die Lippen, um nicht loszulachen. Als sie Gabi ansah, wandte die sich schmunzelnd ab.

»Dem Taktstock geht es gut«, beschwichtigte Maike die Bürgermeisterin. »Sobald die Spurensicherung ihn freigibt, werde ich ihn höchstpersönlich vorbeibringen.« Sie machte einen neuen Versuch, sie zur Tür zu geleiten. »Wenn Sie uns jetzt bitte ...«

»Und wie lange dauert das? Frau Pech, diesen Vorgang können Sie doch sicherlich beschleunigen?«

Maike musste die Taktik ändern. Sie beschloss, die Graefe ab jetzt einfach zu ignorieren.

»Herr Böttger, haben Sie einen Anwalt, den Sie gern anrufen möchten?«

»Ich brauche keinen Anwalt, verdammt noch mal. Haben Sie was an den Ohren? Spreche ich Chinesisch oder eine andere Sprache, die Sie nicht beherrschen? Ihr Polizisten seid doch alle Idioten und hört nur, was ihr hören wollt. Sie können mich mal am Arsch lecken. Die Hitze hat Ihnen das Hirn ausgesaugt. Sie sollten sich ...«

Maike schloss die Augen und verdammte ihre stärker werdenden Kopfschmerzen. In seinem aufgebrachten Zustand hatte eine Vernehmung keinen Sinn. Morgen wäre sie sicher ausgeruhter und würde sich seinen verbalen Attacken stellen können. Für heute machte sie besser Feierabend.

»Wissen Sie was, Herr Böttger.« Sie nickte Gabi zu. »Wir bringen Sie jetzt erst einmal in eine unserer Arrestzellen und Sie versuchen, sich bis morgen zu beruhigen, bis wir uns ausgeschlafen wiedersehen.«

Natürlich wetterte er weiter. Doch sie schaltete auch bei ihm auf Durchzug und führte ihn mit Gabis Unterstützung zu den Zellen. Horst war an diesem Abend nicht anwesend und ersparte sich Böttgers schlechte Laune.

9. Kapitel

Auf dem Heimweg telefonierte Maike mit Zoe und berichtete ihr von dem Ermittlungserfolg. Bevor sie Dietrich Lindgrafs Leiche für den Bestatter freigab, wollte Zoe die Halswunde noch mit der nun zur Verfügung stehenden möglichen Tatwaffe abgleichen.

Als Maike und Lukas unterwegs gewesen waren, hatten sich endlich Lindgrafs Frauen auf der Wache gemeldet. Sie hatten durch eine Nachricht von Dilek von seinem Tod erfahren und waren umgehend die Heimreise angetreten. Maike würde sie morgen in Niederteerbach antreffen. Gabi meinte, Ayse Lindgraf hätte am Telefon durchaus verstört gewirkt.

Schon von Weitem sah Maike die Tachmoiner vor Harrys Fressoase an einem Stehtisch und entschied sich kurzerhand dazu, ihnen eine Currywurst lang Gesellschaft zu leisten. Die Zelte, Imbiss- und Getränkewagen, der Schießstand, die zwei Losbuden und das Kinderkarussell vom Sommerfest waren mittlerweile abgebaut.

»Na, ihr drei.« Sie klopfte den beiden alten Kommissaren beim Vorbeigehen auf die Schultern, stellte sich vor die Theke und nickte Harry zu. »Hast du noch eine für mich?«

Er schob sich seine Schiffchenmütze zurecht und lächelte. »Für dich doch immer. Ich halte jeden Tag eine Currywurst für dich zurück, falls du noch vorbeikommst.«

»Du bist der Beste.« Sie nahm die Flasche Kölsch entgegen, die er unaufgefordert aus dem Kühlschrank holte und ihr reichte.

»Du warst schon seit Tagen nicht hier«, sagte Bruno. »Du wirst uns doch wohl nicht abhandenkommen, jetzt, da der Berliner Kommissar nach Köln zieht?«

Sie trank genussvoll und hielt sich die kühle Flasche dann gegen die Schläfe. »Woher wisst ihr denn das nun schon wieder?«

» Wir sind hier in Niederteerbach, weißt du doch«, sagte Gunnar.

»Okay, ich zieh die Frage zurück.« Maike lachte und setzte die Flasche erneut an die Lippen.

»Bleib uns bloß erhalten, du siehst ja, was hier ständig los ist.«

»Der arme Dietrich«, sagte Harry. »Kam immer mittwochs bei mir auf ein Kölsch vorbei.«

»Ich hab mir schon gedacht, dass der Böttger dahinterstecken könnte.«

Maike schluckte die Frage, woher er davon wusste, gleich wieder hinunter.

»Hat denn unsere Bürgermeisterin ihren Taktstock wieder?« Er stellte sich kerzengerade hin, räusperte sich und begann mit dem Zeigefinger eine stumme Musik zu dirigieren.

Gunnar lachte. »Dir hat die Sonne heute auch zugesetzt.«

Harry reichte Maike die Currywurst. Sie spießte sich sofort ein Stück auf, tunkte es in die Soße und schob es in den Mund. »Der Taktstock ist bei der Spusi«, erklärte sie kauend. »Und ihr wisst ja, zu laufenden Ermittlungen kann ich euch nichts sagen. Nur so viel: Ich glaube, so schnell habe ich noch nie einen Fall abgeschlossen.«

»Ist es denn schon sicher, dass es der Klaus war?« Bruno wischte sich über die Halbglatze.

Maike spießte zwei Wurststücke auf die Gabel. »Kein Kommentar.«

»Na ja, er bestreitet zumindest, dass er es war«, warf Harry ein.

Maike unterbrach nur kurz ihr Kauen. So war es nun mal in Niederteerbach. Der Buschfunk funktionierte tadellos.

»Wäre ja nicht das erste Mal, dass jemandem eine Tatwaffe untergeschoben wurde.« Gunnar zupfte an seinem Schnurrbart. »Ich hatte einen Fall, da wurde eine Schusswaffe, mit der zuvor ein Dealer erschossen worden war, einem Obdachlosen in seinen Schlafsack gesteckt und die Spürhunde haben natürlich bei ihm angeschlagen. Alle haben geglaubt, dass er dem Dealer auf Entzug Drogen abgenommen und ihn erschossen hatte. Doch dann ging das durch die Presse und es meldeten sich plötzlich Zeugen, die den wahren Täter bei der Flucht beobachtet hatten.«

»Mein Kollege hatte mal einen Fall, bei dem ...«

»Schon gut.« Maike schluckte ein Stück Wurst hinunter. »Ich werde natürlich alle Aspekte in Betracht ziehen. Die Vernehmung ist morgen und jetzt habe ich Feierabend.« Sie trank das restliche Bier in einem Zug leer, reichte Harry den Teller und die Flasche über den

Tresen, bezahlte und hob zum Abschied die Hand. »Schönen Abend noch, Jungs.«

»Schönen Abend, Maike«, erwiderten sie im Chor.

Sie konnte ihre Blicke im Rücken spüren, als sie den Weg zu ihrer Wohnung einschlug. Ihre Gedanken schweiften zu Klaus Böttger, der diese Nacht in der Arrestzelle schlafen würde. Immerhin blieb ihm Horsts Singsang aus der Nachbarzelle erspart, da Gabi ihn nach Hause geschickt hatte. So konnte sich Böttger bis morgen früh beruhigen und war dann hoffentlich imstande, ein sachliches Gespräch zu führen. Sie war gespannt, welche Aussage er ihr liefern würde. Womöglich gingen seine Festnahme und die Klärung des Falls doch zu leicht?

Im Hausflur begegnete sie Philipp, der sich an seinem Briefkasten zu schaffen machte.

»Hey, Maike. Na, Feierabend für heute?« Er rüttelte an dem Briefkastenschlüssel, den er nur mit Mühe wieder aus dem Schloss bekam. »Dieses Scheißding klemmt, seit ich hier eingezogen bin, und unser werter Vermieter kriegt es nicht gebacken, das Ding zu erneuern.«

»Wo denkst du hin, mit so etwas kannst du Herrn Landgraf doch nicht behelligen.« Sie grinste ihn an und sah in ihren eigenen Briefkasten. »Wie läuft es in der Sargfabrik? Habt ihr eine Klimaanlage?«

»Das wäre ein Träumchen. Wir schwitzen uns die Seele aus dem Leib.«

Sie lachte. »Das passt doch. Immerhin arbeitet ihr für die Seelenlosen.«

Von oben drang ein Geräusch zu ihnen heran. Vermutlich presste der Landgraf ein Ohr gegen seine Wohnungstür, um sie zu belauschen.

»Hast du noch Lust auf ein kühles Getränk?«, fragte sie Philipp.

»Hört sich gut an. Und ich gebe ein Eis aus.«

»Treffen in einer Viertelstunde?« Sie eilte schon die Treppe hinauf. »Ich muss vorher unbedingt duschen.«

»Bis gleich.«

Philipp verschwand in seiner Wohnung, während Maike ihre erreichte und ein ähnliches Problem mit ihrem Schlüssel hatte, wie Philipp bei seinem Briefkasten. Im Flur erwarteten sie Crockett und Tubbs, die sie mit anschmiegsamen Runden um ihre Beine begrüßten.

Mit ihnen an den Fersen ging sie in die Küche und füllte die Fressnäpfe, wobei Crockett sie mit lautem Miauen anfeuerte. Als die beiden sich über ihr Futter hermachten, eilte Maike ins Schlafzimmer, schob die mobile Klimaanlage raus und bugsierte sie in ihr fensterloses Wohnzimmer, damit Philipp und sie es dort einigermaßen aushielten. Zurück in der Küche drehte sie in der Dusche lauwarmes Wasser auf, zog ihre Sachen aus, die sie auf dem Boden liegen ließ, und stellte sich unter den wohltuenden Strahl. Es war herrlich, sich den Dreck und Schweiß des Tages von der Haut zu waschen. Am Ende duschte sie eiskalt. Dummerweise klingelte in diesem Augenblick schon Philipp.

»Moment.« Sie band sich ein Handtuch um und flitzte zur Tür. »Komm rein, ich zieh mir nur noch schnell was an.«

»Ach, das musst du nicht. Ich weiß ja, wie du unter dem Handtuch aussiehst.

»Haha.«

Philipp ging an ihr vorbei, grinste und steuerte das Wohnzimmer an. »Beeil dich, sonst schmilzt das Eis.«

»Hol gern schon das Kölsch aus dem Kühlschrank«, rief sie und schlüpfte im Schlafzimmer in Leggins und Shirt.

Wenige Minuten später setzte sie sich neben Philipp auf die Couch und stieß ihre Flasche gegen seine.

»Weil ich mich die meiste Zeit in meinem Schlafzimmer oder der Küche aufhalte. Hier bin ich quasi nur, wenn ich Besuch habe.«

Sie riss das Eispapier auf und biss in die weiße Schokolade. Über ihren Köpfen begann es zu poltern.

»Warte ab, bis er mit dem Staubsaugen anfängt. Da glaubst du, der schabt ein Loch ins Parkett.«

Philipp schüttelte missbilligend den Kopf. »Bin ich froh, dass deine Wohnung zwischen seiner und meiner liegt.«

Maike leckte sich Eis von der Unterlippe. »Vielleicht können wir bei der Bürgermeisterin einen Antrag auf einen neuen Vermieter stellen. Bei den Chorleitern ist das offenbar auch so gelaufen. Die Chormitglieder waren mit Klaus Böttger unzufrieden, haben sich damit an die Graefe gewandt, und schwups, wurde er ausgetauscht.«

Philipp lehnte sich zurück und pflückte sich ein Stück Schokoglasur vom Tank Top. »Ich hätte nichts dagegen, den Landgraf auszutauschen. Aber dafür müssten wir ihn erst mal enteignen.«

Maike winkte ab. »Ach, Sabine Graefe findet da sicherlich einen Weg. Sie hat doch überall ihre Verbindungen, selbst im Kölner Polizeipräsidium bist du nicht vor ihr sicher. Und wehe, es landet was bei der Spusi, was ihr wichtig ist!«

Philipp leckte sich den Finger sauber und knabberte wieder an seinem Eis. »Hat sie den Taktstock denn schon zurück?«

»Woher weißt du ...?« Maike stockte. »Sag nichts. Die Antwort lautet Niederteerbach.«

Sie stießen zur Bestätigung noch mal die Flaschen aneinander.

»Wie weit bist du denn bisher bei deinen Ermittlungen gekommen?«, fragte er.

»Genaueres weiß ich erst morgen.«

»Wenn du den Böttger vernommen hast?«

Sie presste die Lippen zusammen. Niederteerbach machte sie fertig.

»Ich darf nicht darüber reden«, erwiderte sie.

»Ach, komm schon. Ich bin gut im Puzzeln und helfe dir, den Mörder zu finden.«

Maike stand auf, setzte sich im Schneidersitz vor der mobilen Klimaanlage auf den Boden und sah ihn an. »Na dann, leg mal los.«

Philipp machte einen auf Denkerpose und tippte sich mit dem Zeigefinger an die Nasenspitze. »Alsooo, wie wäre es denn mit dem Horst? Er möchte der Meistersänger von Niederteerbach werden und wollte dem Chor schaden, damit er zukünftig als Hauptattraktion gebucht wird.«

»Nee, der Horst bewirbt sich eher beim Standesamt als Trausänger.«

»Okay, wie wäre es damit: Die Tachmoiner sorgen auf ihre alten Tage für Tatorte in Niederteerbach, weil es ihnen sonst zu langweilig wird.«

Maike ließ ihren Blick Bände sprechen und nuckelte an der Kölsch-Flasche. »Dann sag doch gleich, es war die Kuschel, weil er ihr Yin-und-Yang-Energiefeld gestört hat. Oder wie wäre es mit Ingo Brandt? Der ist doch immer auf eine neue Story aus und ihm war derzeit zu wenig los in Niederteerbach.«

Philipp wiegte den Kopf hin und her, als würde er ihre Vorschläge abwägen. »Nicht schlecht, aber ich denke, wir haben es noch nicht.«

Sie schmunzelte. »Wie wäre es mit dir? Du willst schließlich Särge verkaufen.«

»Das überhöre ich jetzt einfach mal.« Er schnitt eine Grimasse, tippte sich wieder gegen die Nase und hob dann den Zeigefinger. »Ich hab's. Die Bürgermeisterin hat erfahren, dass der Oberteerbacher Chor so gut in Form ist, dass unserer dieses Jahr keine Chance hat. Und um die Trophäe nicht hergeben zu müssen, hat sie den Dietrich ermordet, damit der Wettbewerb nicht stattfinden kann.«

Maike schlug eine Hand auf ihr Knie. »Das ist es. So wird es gewesen sein. Sie hat sicherlich dafür gesorgt, dass ich ihr nichts nachweisen kann. Aber für üble Nachrede im Dorf können wir sorgen. Vielleicht ist das unsere Chance, sie austauschen zu lassen.«

Philipp hob sein Glas. »Darauf trinken wir.«

Maike zögerte. »Obwohl, wenn ich es mir so überlege … Ich glaube, sie würde uns fehlen.«

10. Kapitel

Es war ein Fehler gewesen, die Klimaanlage im Wohnzimmer aufzustellen und erst auf dem Weg ins Bett wieder mit ins Schlafzimmer zu nehmen. Dadurch hatte es lange gedauert, bis die Temperatur erträglich wurde, und Maike war viel zu spät eingeschlafen. Als der Wecker klingelte, war sie hundemüde.

Heute hatte sie keine Lust, zehn Mal auf die Taste der Senseo zu drücken, bis die Tasse endlich voll war. Daher konnte nur Harrys Kaffee helfen, zu dessen Fressoase sie sich umgehend aufmachte. Mit einer vagen Vorahnung blickte sie sich noch mal zum Haus und den oberen Fenstern um, wo ihr Vermieter tatsächlich zwischen einem Spalt der Gardine hervor gaffte.

»Morgen, Maike«, sagte Harry und reichte ihr einen Kaffeebecher. »Ich hab dich schon kommen sehen.«

»Guten Morgen und danke.« Sie legte ihm zwei Geldstücke hin, als ihr Handy in der Hosentasche zu klingeln begann. »Gib Gabi dann bitte trotzdem noch einen für mich mit, wenn sie unsere Ration für die Wache holt«, bat sie Harry schnell, bevor sie den Anruf annahm und den Weg zur Wache einschlug. »Herr Pöller, was verschafft mir denn die Ehre?«

»Ganz einfach, ich hab jetzt Feierabend und ehe Sie auf die Idee kommen, mich aus dem Schlaf zu holen, dachte ich, ich rufe Sie an, bevor ich mich hinlege.«

»Das find ich aber nett. Sie sind auch fast mein Lieblingskollege.«

Er lachte aus voller Kehle. »Wie war das?«

Maike lächelte. »Das war mein voller Ernst.« Sie grüßte die Kuschel, die mit einer Brötchentüte summend an ihr vorbeischlenderte und ihr zunickte. »Was haben Sie denn nun für mich?«

»Dieser Taktstock wird bei uns im Institut untersucht. Sagen Sie bitte dieser Nervensäge von Bürgermeistern, dass die Freigabe nicht beschleunigt wird. Ich werde mich bei Ihnen melden, wenn wir damit durch sind.«

»Hmhm«, brummte Maike ins Telefon und freute sich schon jetzt auf die endlosen Diskussionen mit der Graefe.

»In der Garage und im Haus Ihres Verdächtigen gab es keine großen Auffälligkeiten. Bis auf eine Sache.« Er stockte und hustete. »Spuren an der Kellertür deuten auf einen Einbruch hin. Das Glas in der Tür wurde zertrümmert, die Scherben liegen im Inneren.«

»Dann scheint der Einbruch nicht lange her zu sein«, schlussfolgerte Maike. »Sonst hätte der Böttger die Scherben sicherlich längst weggeräumt.« Sie überlegte, ob Böttger sich einfach selbst ausgesperrt und so Zugang zum Haus verschafft haben könnte. Die Scheibe zu ersetzten, war vermutlich günstiger als der Schlüsseldienst.

»Wir haben in den Scherben ein weißes Haar sichergestellt und natürlich Fingerabdrücke genommen. Die Auswertung dauert.«

Maike runzelte die Stirn. »Ein langes oder kurzes Haar?«

»Kurz.«

»Also vom Klaus Böttger kann das nicht stammen, der hat eine Glatze.«

»Da stimme ich zu. Ich mach jetzt die Augen zu. Ich wünsch Ihnen was, Frau Pech.« Mit diesen Worten beendete er den Anruf.

Zoe hatte ihr eine Nachricht geschrieben, in der sie Maike erinnerte, dass heute Abend die Überraschungsparty für Mira anstand und sie bitte pünktlich kommen solle, damit sie die neue Doktorin gebührend empfangen konnten.

Vor Maikes geistigem Auge ploppten Erinnerungen an ihren 40. Geburtstag auf, an dem sie mit einer großen Ansammlung aus Kollegen, Freunden und Familienmitgliedern überrascht worden war. Ihre Freude hatte sich in Grenzen gehalten, doch schließlich hatte sie sich damit arrangiert und ihren Spaß gehabt. Wie hätte sie auch ahnen können, welch grausige Entdeckung Zoe und sie an diesem Abend noch machen würden?

In ihren Träumen wurde sie von wiederkehrenden Bildern der Scheune, des versteckten Verlieses und von Billies Überresten heimgesucht. Aber wenn sie heute erwachte, konnte sie sich zumindest damit trösten, dass sie ihren Mörder gefasst hatten. Zoe und sie hatten Billie gefunden und würden die Erinnerung an sie immer im Herzen tragen.

Dabei fiel Maike ein, dass sie einen neuen Termin mit Frau Dr. Teppenmeier vereinbaren musste. Die Therapeutin hatte tatsächlich einen guten Einfluss auf ihr Leben. Auch wenn sie manchmal anstrengend war.

Als sie in der Wache eintraf, saßen Gabi und Lukas schon geschäftig an ihren Schreibtischen. Erwin hatte während der Nachtwache Klaus Böttger in der videoüberwachten Zelle im Auge behalten. Maike las das Protokoll. Böttger hatte sich still verhalten und geschlafen.

»Na, das lässt mich doch hoffen, dass er sich beruhigt hat und vernehmungsfähig ist«, sagte sie und gab Gabi das Protokoll zurück. »Ist seitens der Staatsanwaltschaft alles abgesegnet?«

»Ja«, antwortete Lukas. »Du kannst ihn dir vornehmen.«

»Begleite mich bitte zur Zelle. Falls er doch wieder unkooperativ ist, lässt er sich zu zweit besser händeln.«

Sie verließen das Büro und gingen den Gang entlang, wo sich vor der Tür des Standesamtes eine Hochzeitsgesellschaft eingefunden hatte. Die Braut mittleren Alters war hübsch zurechtgemacht in einem knielangen, spitzenbesetzten weißen Kleid. Der Bräutigam hatte bereits schütteres Haar und wirkte, als hätte er gerade eine durchzechte Nacht hinter sich. Die Krawatte hing schief und das Hemd war ungleichmäßig in die Hose gestopft worden. Maike dachte an die Statistik, die besagte, dass etwa jede dritte Ehe geschieden wurde.

»Das ist seine vierte Hochzeit«, flüsterte Lukas ihr zu, als sie die Gesellschaft passiert hatten.

Sie schmunzelte. »Kein Wunder, dass der so fertig aussieht. Mir wurde gerade noch mal bestätigt, dass ich niemals heiraten werde.«

»Aha.« Er grinste. »Teilt Martin deine Meinung?«

»Das wird er wohl müssen. Steht nicht zur Disposition.«

Sie schob sich vor ihm durch die Tür zum Vorraum der Arrestzellen und wünschte Klaus Böttger einen guten Morgen.

Der saß auf der Bank und musterte sie durch die Gitterstäbe. Ihren Gruß erwiderte er nicht und er sagte auch sonst kein Wort.

Lukas steckte den Schlüssel ins Schloss und entriegelte die Tür. Daraufhin erhob er sich und trottete mit gesenktem Kopf an ihm vorbei. Heute war er wohl nicht auf Krawall gebürstet.

»Da draußen ist gerade eine Hochzeitsgesellschaft«, ließ Maike ihn wissen. »Wenn Sie mir versprechen, dass Sie sich zusammenreißen, lege ich Ihnen keine Handschellen an.«

Er sah sie nicht an, nickte aber.

»Ich verlasse mich auf Sie, sonst habe ich auch kein Problem damit, sie Ihnen vor versammelter Mannschaft anzulegen.«

Er nickte erneut.

Ihr wäre es fast lieber, er würde wieder fluchen. Sein Schweigen war beinahe unheimlich.

Ohne sich in irgendeiner Weise aufzuspielen, verließ er mit ihnen den Raum, lief zwischen ihnen an der Gesellschaft vorbei, und folgte ihnen brav zu Gabis und Lukas’ Büro. Sie verzichtete auf eine Befragung im sterilen Verhörzimmer, um seine Laune durch eine entspannte Büroatmosphäre positiv zu beeinflussen. Dort setzte er sich, immer noch schweigend, auf den für ihn vorgesehenen Stuhl in der Mitte des Raumes.

»Bleiben Sie dabei, dass Sie keinen Anwalt einschalten wollen?«

Böttger sah sie an, dann Gabi und Lukas. »Ich brauche keinen Anwalt, ich habe nichts getan«, erwiderte er in bemüht ruhigem Tonfall, ließ den Kopf wieder sinken und starrte auf seine Knie.

Anscheinend hatte er die Nacht in der Arrestzelle dafür genutzt, sein Verhalten zu überdenken.

Gabi saß nach wie vor an ihrem Schreibtisch und Lukas nahm hinter seinem Platz. Er schaltete das Diktiergerät ein, nannte Datum und Uhrzeit, zählte die Namen aller Anwesenden auf und erklärte, dass Klaus Böttger keinen Anwalt wünsche. Dann belehrte er ihn, auswendig vorgetragen, nach der Strafprozessordnung über seine Rechte.

Maike zog sich einen Stuhl heran, setzte sich Klaus Böttger gegenüber und schaute ihm direkt in die Augen. »Sind Sie körperlich und geistig dazu in der Lage, sich der Befragung zu stellen?«

Er nickte.

»Antworten Sie bitte mit Ja oder Nein.«

»Ja.«

»Sie stehen unter Tatverdacht, Dietrich Lindgraf ermordet zu haben. Ist Ihnen das klar?«

»Ich bin unschuldig.«

Sie verlagerte ihr Gewicht nach vorn, stemmte die Unterarme auf die Knie und faltete die Hände. »Waren Sie beim Niederteerbacher Sommerfest?«

»Nein.«

»Wo waren Sie dann an diesem Tag?«

»Sie schämen sich also dafür, dass Sie kein Chorleiter mehr sind?«

Böttger gab ein grunzendes Geräusch von sich. »Schämen ist nicht der richtige Ausdruck.« Er stockte, überlegte. »Ich bin maßlos enttäuscht. Ja, auch wütend. Mein Rentnerdasein verläuft anders, als ich es mir vorgestellt habe. Der plötzliche Tod meiner Frau ... Wir wollten uns einen Wohnwagen kaufen und uns die Welt ansehen. Aber allein steht mir da nicht der Sinn nach. Wir sind kinderlos geblieben, zwei Fehlgeburten. Befreundete Ehepaare haben Enkel. Deswegen haben die nie Zeit, außer mal an Geburtstagen. Die Einsamkeit ist ein Teufel. Der Chor war es, der mir noch eine Aufgabe gegeben hat. Dort konnte ich mich einbringen, wurde gebraucht.« Er senkte wieder den Kopf. »Zumindest dachte ich das.«

Maike presste die Lippen zusammen. Von Gabi hatte sie sich sämtliche Informationen über Klaus Böttger eingeholt. Seine Frau war vor zwei Jahren ganz plötzlich an einem Schlaganfall gestorben. Eine stille Frau soll sie gewesen sein. Sie hatte auf die Leute im Dorf schüchtern gewirkt. Vielleicht war es aber auch die Trauer über den unerfüllten Kinderwunsch gewesen, der sie immer begleitet hatte.

»Sie und Dietrich Lindgraf haben früher beide als Tenöre im Opernchor in Köln gesungen. Auch als Solisten«, fuhr Maike fort. »Konkurrenzdenken ist da wahrscheinlich an der Tagesordnung. Ein alter Zwist, der wieder aufgebrochen ist? Kommen Sie, Herr Böttger.«

Er seufzte und sah sie an. »Es ist doch normal, dass jeder für sich kämpft und die größte Karriere hinlegen will. Dietrich und ich waren nie Freunde. Wir kannten uns seit dem Gesangsstudium, waren dann Kollegen, die sich versucht haben, gegenseitig zu übertrumpfen. Gemocht haben wir uns eigentlich nie.«

Sie legte den Kopf schräg. »Wer hat gewonnen?«

»Das kann man so nicht sagen. Er hatte seine Soloauftritte und ich auch.« Böttger seufzte. »Vielleicht hatte er ein paar mehr.«

Maike nickte. »Dietrich Lindgraf hat Sie also meistens übertrumpft und dann hatten Sie nicht mal im Ruhestand vor ihm Ruhe und er hat Ihnen auch noch den Posten als Chorleiter weggeschnappt.«

»Ich bestreite nicht, dass mich das wütend macht«, stieß er aus, schloss die Augen und atmete mehrfach tief durch. »Aber ich werde deshalb nicht zum Mörder und bringe ihn um.«

Maike verschränkte die Arme vor der Brust. »Wie erklären Sie mir die Mordwaffe auf Ihrem Autorücksitz?«

»Ich sagte doch schon, dass die mir untergejubelt wurde!« Er fuhr sich mit der zittrigen Hand über die Glatze. »Als ich den blutbefleckten Taktstock entdeckt habe, hab ich eins und eins zusammengezählt. Ich habe Panik bekommen und wollte das Ding verschwinden lassen.«

Maike stand auf, stellte sich hinter ihren Stuhl und stützte sich auf die Lehne. »Wo haben Sie den Taktstock denn gefunden?«

»In meinem Keller«, antwortete er und sah Gabi, Lukas und Maike abwechselnd an. »Bitte, das müssen Sie mir glauben. Am Abend habe ich beim Fernsehen ein Geräusch gehört, aber nicht weiter darauf geachtet, weil ich dachte, es wäre die Katze. Und als ich am

Morgen Milch aus dem Keller holen wollte, sehe ich, dass die Glasscheibe in der Tür eingeschlagen worden ist.« Er knetete die Finger und wiegte den Oberkörper vor und zurück. »Der Taktstock lag in den Scherben. Sie können sich nicht vorstellen, wie ich mich erschrocken habe, und dann noch das Blut darauf.«

Maike wandte ihm den Rücken zu und sah durchs Fenster auf den Rathausplatz. Seine Erzählung deckte sich mit dem, was Pöller ihr geschildert hatte. Ihr fehlten Beweise und daher blieb ihr keine andere Wahl, als ihn vorerst gehenzulassen. Laut Gesetz durfte sie Klaus Böttger unter diesen Umständen nicht länger festhalten.

11. Kapitel

»Glaubst du, dass er sich an deine Anweisung hält und das Dorf nicht verlässt?«, fragte Gabi und biss in ein selbst gebackenes Kuchenstück.

Maike konnte nur mit den Schultern zucken. Kaffee und Kuchen waren genau das, was sie jetzt brauchte. Nach Pöllers Anruf hatte sie es irgendwie geahnt, aber die Frustration darüber, den Fall doch noch nicht abschließen zu können, nagte an ihr.

»Wir sollten uns im Haus des Opfers umsehen«, schlug Lukas vor. Seiner Stimmlage war anzuhören, dass er ebenfalls demoralisiert war.

Sie nickte. »Sind die beiden Frauen inzwischen heimgekehrt?«

Gabi zupfte sich einen Krümel vom Hemd. »Sie wollten mich anrufen, sobald sie in Niederteerbach eintreffen. Bisher hab ich noch nichts von ihnen gehört.«

»Hat die Tochter eventuell einen Schlüssel?«, hakte Maike nach.

Gabi griff zum Telefon. »Das werde ich gleich herausfinden.«

Eine Stunde, zwei Tassen Kaffee und drei Kuchenstücke später wartete Maike mit Lukas vor dem zweistöckigen Haus, das ein seitlicher Flachbau vergrößerte. Es lag in der Straße, in der sie selbst wohnte. Bis ans

Ende der Sackgasse war sie jedoch noch nie gekommen. Sie tingelte immer nur von ihrer Wohnung zu Harry, zum Bäcker und zum Rathaus. Ach ja, und bei der Kuschel im Blumenladen schaute sie ebenfalls gelegentlich vorbei.

Wie verabredet traf nun auch die Tochter der Lindgrafs ein und parkte ihren Wagen neben dem Gartenzaun. Sie stieg aus und öffnete die hintere Tür, deren verdunkelte Scheibe keinen Einblick auf die Rückbank gewährte.

»Komm schon, ich hab danach noch meinen Termin bei der Kosmetikerin«, trieb sie ihre Tochter an. Die Kleine stieg aus dem Wagen und hielt eine Leine in der Hand, an der ihr etwas großes Pelziges folgte.

»Echt jetzt?« Lukas versteifte sich augenblicklich, als das Mädchen mit der Schäferhündin auf sie zugelaufen kam.

»Ich hab nicht viel Zeit«, sagte Dilek Lindgraf und ging voraus.

Die Zauntür war nicht abgeschlossen. Vor der Haustür hob sie die Fußmatte an und schaute unter die Blumentöpfe, die den Eingangsbereich schmückten.

»Äh, haben Sie keinen Schlüssel dabei?«

»In der Eile ...« Sie winkte ab. »Ich hab's gleich. Die Verstecke sind bei meinen Eltern seit Jahren die gleichen.«

Sie stieg auf die Mauer, auf der das Treppengeländer befestigt war, und tastete die Holzsparren des Türvordaches ab.

Maike kam der Gedanke, dass Dilek Lindgraf womöglich aufgrund des Streites gar keinen Schlüssel mehr für das Haus besaß. Die Frauen würden es in diesem

Fall nicht gutheißen, wenn sich die Tochter Zugang verschaffte. Doch Maike zwang sich, in dem Moment darüber hinwegzusehen. Sie selbst musste nicht mit Konsequenzen rechnen, da Dilek vorgab, dass sie einen Schlüssel hatte. Hauptsache sie kamen endlich in dieses Haus und konnten ihre Ermittlungen fortsetzen.

»Ich hab ihn«, jubelte Dilek und hielt einen Schlüssel in der Hand, den sie aus der Spalte eines Balkens gezogen hatte.

Zum Glück war Lukas durch Daisys Anwesenheit abgelenkt und ersparte ihr das Paragrafenreiten. Er stand stocksteif am Fuß der Treppe und schielte auf die Schäferhündin hinab, die an seinen Schuhen leckte.

Dilek Lindgraf öffnete die Tür und betrat vor ihnen das Haus. Die kleine Canel huschte an Maike vorbei ebenfalls hinein. Somit blieb Lukas allein bei Daisy zurück.

»Kommst du, oder willst du lieber mit Daisy fangen spielen?«, rief Maike ihm zu.

Er sah sie an, wirkte seltsam verloren.

»Einfach einen Fuß vor den anderen setzen«, sagte sie.

»Daisy, na komm zu Tante Maike. Na komm.« Ihr kindlicher Tonfall erschreckte sie selbst und sie stellte ihn sofort ab. »Wir schauen mal, ob deine Mama ein Leckerli für dich dabeihat.« Daisy kam tatsächlich zu ihr. Maike fasste sie an der Leine.

»Deine Mama?«, fragte Lukas hinter ihr und sie war kurz davor, ihm die Hündin wieder auf den Hals zu jagen.

Die Kleine war ins Wohnzimmer gelaufen und hatte den Fernseher angestellt, was wohl dafür sprach, dass sie sich hier auskannte und Frau Lindgraf sich über den

Wunsch ihrer Tochter hinwegsetzte, die Enkeltochter von diesem Ort und der Dreierbeziehung fernzuhalten.

Von Dilek war weit und breit nichts zu sehen.

»Frau Lindgraf?«, rief Maike und band Daisy am Geländer der Treppe fest, die ins Obergeschoss führte.

»Schauen Sie sich ruhig um«, hallte es von oben herab.

Maike machte Lukas Zeichen, sich im Erdgeschoss umzusehen. Sie hingegen stieg die Treppe hoch. Dileks Verhalten kam ihr seltsam vor. Als hätte sie die Tatsache, dass die Polizei um Einlass gebeten hatte, als Anlass genutzt, um hier selbst herumzuschnüffeln.

Sie blieb auf der obersten Stufe stehen und lauschte, hinter welcher Tür sie Geräusche vernehmen konnte. Das Blättern von Papier sowie das Klacken eines Aktenordners verrieten Dilek.

Maike schlich zu dem Zimmer, in dem sie Dilek vermutete, und hielt wieder inne. Die Tür stand einen Spaltbreit offen. Jetzt war es still, als ob Lindgrafs Tochter auf der anderen Seite der Tür ebenfalls lauschte.

Sie zögerte nicht länger, klopfte und stieß gleichzeitig die Tür auf.

»Ich ... Ich sehe mir gerade ein paar Ordner an«, stammelte Dilek Lindgraf und stellte einen in das Regal zurück, das als Raumtrenner diente. »Vielleicht findet sich etwas, was auf Probleme meines Vaters hindeutet.«

Maike verengte die Augen. »Vielen Dank für Ihre Mithilfe, aber darum kümmern wir uns schon.«

Das Zimmer war wie ein kleines Wohnzimmer eingerichtet. Couch und Fernseher, Kommoden, ein

Schreibtisch mit Stuhl. Eine bodentiefe Fenstertür führte auf einen Balkon.

Anscheinend hatte in dieser polyamoren Beziehung jeder seinen eigenen Rückzugsort. Maike wettete darauf, dass sie sich gerade im Zimmer der Geliebten aufhielten.

Sie schenkte Dilek Lindgraf ein überfreundliches Lächeln. »Die Ordner sind hiermit beschlagnahmt.«

»Natürlich, Sie können sie jederzeit abholen. Ich muss jetzt leider zu meinem Termin. Wann passt es Ihnen? Dann komme ich noch mal her und …«

»Lukas«, rief Maike und übertönte Dileks Gefasel. »Komm bitte hoch und hilf mir tragen.« Sie lächelte Lindgrafs Tochter erneut übertrieben an, trat zu dem Schreibtisch und betrachtete die darauf liegenden Unterlagen. »Diese Dokumente ebenfalls«, sagte sie und nahm sie an sich. Dabei glitt ein Stück Papier aus dem Stapel und fiel zu Boden.

»Lukas«, rief sie wieder und erinnerte sich durch Daisys einsetzendes Bellen daran, dass sie diese am Treppengeländer festgebunden hatte.

»Können Sie sich bitte um Ihre Hündin kümmern?«, forderte sie Dilek auf. »Irgendwie scheinen hier alle ein bisschen nervös zu sein.«

»Wie gesagt, ich muss jetzt los.« Sie eilte aus dem Zimmer.

Maike bückte sich nach der Visitenkarte, die zwischen den Unterlagen herausgerutscht war.

»Da bin ich«, stieß Lukas aus und kam schnaufend zur Tür herein.

»Kanzlei Schlag & Hau«, las sie den Aufdruck vor und drehte die Karte herum. Mit denen hatte sie schon mal im Mordfall der Kölner Influencerin Della DeLorain zu tun gehabt. »Auf der Rückseite steht ein Termin.« Sie sah auf. »Der war vor wenigen Tagen.«

Lukas trat zu ihr und warf einen Blick darauf.

»Schnapp dir so viele Ordner, wie du tragen kannst«, wies sie ihn an, ging zu dem Regal und griff sich zuerst den Ordner, den Dilek zurückgestellt hatte.

Als sie vollbepackt die Treppe hinunterliefen, hörte Maike eine Autotür zuschlagen und ging sofort nach draußen.

»Stecken Sie den Schlüssel einfach wieder dorthin, wo ich ihn herhabe«, rief Dilek ihnen zu, sank in den Wagen und brauste im nächsten Moment mit Tochter und Hund davon.

»Wie jetzt?« Lukas hatte Schwierigkeiten, den Stapel Ordner auf seinen Armen zu balancieren. »Die fährt jetzt einfach weg? Ohne sie dürfen wir uns ohne Genehmigung nicht länger im Haus aufhalten.«

Sein Paragrafenhirn funktionierte ohne die Anwesenheit des Hundes wieder.

Maike seufzte und lief zum Auto. Nachdem sie die Ordner im Kofferraum verstaut hatten, ging Lukas zurück, verschloss die Haustür und schob den Schlüssel wieder in den Spalt im Balken.

Falls es im Nachhinein Ärger gab, dass sie mit der Tochter das Haus betreten hatten, konnten sie sich ahnungslos stellen und angeben, dass diese vorgegeben hatte, den Zugang ermöglichen zu dürfen. Und Dilek hatte ihr nicht widersprochen, als Maike die Ordner für beschlagnahmt erklärt hatte. Das interpretierte sie als Zustimmung und hoffte, dass sie etwas fanden, was sie bei den Ermittlungen weiterbrachte. Manchmal musste man die Chance ergreifen, wenn sie sich vor einem auftat. Dilek hatte sich merkwürdig verhalten und Maike wurde das Gefühl nicht los, dass sie versucht hatte, etwas vor ihnen zu verbergen. Womöglich hatte sie ihnen den Zugang zum Haus nur verschafft, um selbst einen Grund zu haben, das Haus ihrer Kindheit zu betreten. Falls sie etwas an sich hatte bringen wollen, war Maike ihr zuvorgekommen. Oder nicht? War es Dilek gelungen, etwas aus dem Haus zu schmuggeln?

»Das ist unerhört«, vernahm Maike eine aufgebrachte Stimme und drehte sich danach um.

Auf dem Nachbargrundstück stand hinter einem lichten Teil der Hecke ein gedrungener Mann und starrte sie an.

»Wie meinen Sie bitte?«

»Das war doch die Dilek. Dass die sich überhaupt noch hierher traut.«

Maike ging näher an die Hecke heran. »Wir ermitteln zum Todesfall ihres Vaters. Können Sie uns vielleicht etwas über die Familienverhältnisse sagen?«

Der Alte steckte seinen Kopf durch die Hecke. »Die leben schon seit Jahren im Streit«, flüsterte er und sah sich um, als befürchte er, dass noch jemand mithörte. »Es wundert mich, dass die noch einen Schlüssel hat. Darüber sind die sich bestimmt gar nicht im Klaren. So geldgierig, wie die Dilek ist, räumt die denen doch das ganze Haus aus, während sie im Urlaub sind.«

»Wie kommen Sie denn darauf, dass sie geldgierig ist?«

Der Mann schob sich nun auch mit den Schultern durch die Hecke. »Das hat die Frau Hoffmann mal in einem Nebensatz fallen lassen. Aber als ich nachgehakt habe, ist sie ausgewichen und hat abgewunken. Dabei brauchen die sich bei mir keine Gedanken zu machen, dass ich es weitertratsche.«

Er stieß beim Reden ständig mit der Zunge an seine Vorderzähnen und Maike befürchtete jedes Mal, dass er sich dabei versehentlich biss. Da er sich anscheinend nicht mit den Lindgrafs und Frau Hoffmann duzte, schien der nachbarschaftliche Kontakt nicht allzu eng zu sein.

»Wie ist noch mal Ihr Name?«, erkundigte sich Lukas, der während des Gespräches zu ihnen gestoßen war und wie immer fleißig mitschrieb.

»Hellmut Strauß. Helmut mit Doppel-L und Strauss mit ß, nicht mit Doppel-S. Das schreiben die Behörden immer falsch.«

Lukas strich den Namen durch und schrieb ihn erneut.

»Ich hätte die Damen ja gern über den Tod vom Hausherrn informiert. Das haben sie nun davon, wenn sie mir ihre Telefonnummern nicht dalassen. Die haben nicht mal erzählt, dass sie wegfahren. Wissen Sie vielleicht, wo die sind?«

Maike und Lukas wechselten einen kurzen Blick.

»Vielen Dank für Ihre Auskünfte. Wir melden uns bei Ihnen, falls wir noch Fragen haben.«

»Natürlich, gerne. Meine Nummer ist 0165 ... Ach, halt! ... 0164 793 ... Oder war es 397? ... Ich ruf mich selbst ja nie an. Da kann man die Zahlen schon mal durcheinanderbringen.« Er rieb sich das Ohr. »0164 397 ... 7 ... Ich schau wohl besser mal nach, wo ich sie aufgeschrie...«

»Einen schönen Tag noch, Herr Straußßß. Wir finden Ihre Nummer selbst heraus.« Sie wandte sich ab und

lief mit Lukas zum Auto, in dem eine Menge Papierkram auf sie wartete.

12. Kapitel

Maike qualmte der Kopf. Seit fast zwei Stunden gingen Gabi, Lukas und sie die Akten durch, doch bisher war ihnen nichts Seltsames aufgefallen. Zudem lief ihnen die Zeit davon. Zoe würde echt sauer sein, wenn sie zu spät zu Miras Überraschungsparty kamen.

Da Lukas Mira ein wenig kannte, hatte sie ihn überredet, mitzukommen. Auf diese Weise hatte sie auch gleich einen Fahrer und brauchte sich wegen des Alkoholspiegels keine Gedanken zu machen.

Nachdem Gabi ihnen versprochen hatte, wenigstens noch einen Ordner durchzusehen und sich zu melden, falls sie etwas Interessantes fand, machten sie sich schließlich auf den Weg. Mit Lukas am Steuer würden sie wahrscheinlich eh zu spät kommen. Er hielt sich so penibel an die Geschwindigkeitsbegrenzungen, dass Maike mehr als einmal danach war, sein Bein gewaltsam auf das Gaspedal zu drücken. Letztendlich mahnte sie sich innerlich zur Ruhe, schloss die Augen und nutzte die Gunst der Stunde für ein Nickerchen.

»Ist dir klar, dass du schnarchst?«, fragte Lukas, während er sie wachrüttelte.

Maike gähnte. »Ich schnarche nicht. Ich knurre, weil dich selbst die Fußgänger überholt haben.« Dieses Mal dachte sie an den Wisch, der den Wagen als

Einsatzfahrzeug auswies, nahm ihn aus dem Handschuhfach, klemmte ihn innen an die Scheibe und stieg aus.

Lukas hatte den Wagen gegenüber vom rechtsmedizinischen Institut in einer Parknische abgestellt und ging zu einem Parkautomaten.

»Was machst du denn da?«, fragte sie, als er Münzen hineinwarf und einen Parkschein zog.

»Wir sind gerade außer Dienst«, stellte er klar, beugte sich ins Wageninnere, nahm die Karte von der Scheibe und tauschte sie gegen den Parkschein.

Maike wandte sich langsam von ihm ab. »Einfach nur ganz tief durchatmen«, sagte sie mantraartig.

»Hey, jetzt warte doch mal.« Lukas schloss zu ihr auf, schob sich vor ihr durch die Eingangstür und steuerte den Weg zum Speisesaal an.

»Falsche Richtung«, informierte sie ihn und bog rechts ab. »Die Party findet im Keller statt.«

»Im Keller?« Er war sofort wieder an ihrer Seite. »Wieso denn im Keller?«

»Im Speisesaal würde Mira den Braten riechen. Die Feier soll aber eine Überraschung werden.«

Sie stieg die Kellerstufen hinab, er blieb auf dem Absatz stehen.

»Was ist?«, rief sie zurück. »Willst du den Fahrstuhl nehmen?« Sie stoppte ebenfalls und sah zu ihm rauf.

»Im Keller sind nur die Kühlräume und die Seziersäle. Liege ich da richtig?«

»Das ist korrekt.« Sie grinste ihn an. »Jetzt komm, sonst ist Mira wirklich noch vor uns da.«

»Ist das erlaubt?« Jetzt klebte er wieder an ihren Fersen.

»Zoe hat sich darum gekümmert. Solange wir wieder aufräumen und die Putzfirma sich um die Reinigung kümmert, geht das klar.« Sie blieb vor der zweiflügeligen Schwingtür des Obduktionssaales stehen, aus dem Stimmengewirr zu ihnen drang. »Da besteht eher die Gefahr, dass die Reinigung zuvor nicht die sorgfältigste war und wir noch irgendwo Sezierabfälle finden.«

Lukas schluckte, er wirkte mit einem Mal bleich. Das hätte sie wohl besser nicht sagen sollen. Bevor er einen Rückzieher machte, schob sie ihn durch die Tür und fand sich inmitten der versammelten Partygäste wieder.

Zoe und ihre Kollegen hatten sich große Mühe gegeben und den Saal festlich geschmückt. Girlanden klebten an den gefliesten Wänden und Luftballons schwebten unter der Decke. Ein Skelett auf einem Ständer trug Sakko und einen Doktorhut, was selbst auf Maike makaber wirkte.

Sie entdeckte einige bekannte Gesichter. Jutta war bei den Zwillingen geblieben, damit Mark heute mitfeiern konnte. Ihr Bruder plauderte angeregt mit Jens, dem sie nachher noch über die Wende in ihrem Fall berichten musste. Dr. Thomas Schmitt trug einen weißen Kittel, was darauf hindeutete, dass er bis eben noch im Dienst gewesen war. Er stand in einer Gruppe von Kollegen aus dem Institut: Mitarbeitende aus der Verwaltung, der Forschung, dem Labor und der forensischen Toxikologie, außerdem Sektions- und Präparationsassistenten, Ärztinnen und Ärzte. Auch Pöller und sein Team von der Spurensicherung waren anwesend. In den hinteren Reihen entdeckte Maike sogar Sandro und war überrascht, dass er schon aus dem Urlaub zurück war. Zoe hatte diese Zusammenkunft weit im Voraus geplant und dadurch erst möglich gemacht. Mira musste ihr wirklich am Herzen liegen. Sogar ihren Doktorvater hatte sie eingeladen.

»Da seid ihr ja endlich.« Zoe kam auf sie zu, umarmte Maike und reichte Lukas die Hand. »Wenn ich richtig durchgezählt habe, sind wir jetzt vollständig.«

Sie hob die Hände und rief die Anwesenden zur Ruhe auf. Innerhalb einer Sekunde herrschte absolute Stille. Maike war beeindruckt, dass ihre beste Freundin die Truppe derart im Griff hatte.

»Es ist so weit. Bitte alle für einen Moment ruhig sein. Ich locke Mira jetzt unter einem Vorwand runter. Sie sitzt oben in meinem Büro und glaubt, meine Bereitschaft übernommen zu haben.«

Zoe nahm ihr Smartphone zur Hand und deutete noch einmal mit einem Finger auf ihren Lippen an, dass alle schweigen sollten. Sie hob das Handy ans Ohr und lauschte.

»Hey, Mira, alles ruhig so weit? ... Hmhm ... Alles klar, super. Du, tust du mir bitte den Gefallen und gehst mal in den Sektionssaal? Ich glaube, ich habe dort in meinem Fach mein Notizheft liegen gelassen. Du müsstest da bitte mal was für mich nachschauen.« Sie stockte, lauschte wieder. »Danke dir. Ruf mich dann einfach zurück.« Sie legte auf und zeigte mit dem Daumen nach oben.

Es trat freudiges Gemurmel ein.

»Jetzt noch mal still sein, bis sie kommt. Thomas, kümmerst du dich bitte um den Lichtschalter? Sobald sie reinkommt, nehmen wir Mira mit einem Jubel in Empfang.«

Thomas Schmitt ging zur Schwingtür und knipste dort ohne Vorwarnung an einem Schalter das Licht aus. Das Getuschel verstummte umgehend.

»Warum tun die das?«, flüsterte Lukas neben ihr und tastete nach Maikes Hand. »Hier ist es schon gruselig genug.«

»Schschscht«, zischte jemand, um ihn zum Schweigen zu bringen.

Maike spürte ihre volle Blase. Das war ihr früher als Kind beim Spielen schon so gegangen; während sie in ihrem Versteck darauf wartete, gefunden zu werden, hatte sie das Gefühl pinkeln zu müssen. Das war anscheinend eine nervliche Sache bei ihr. Sie meinte, Schritte zu hören. Irrte sie sich? Durch die Schwingtür drang nur ein wenig Licht vom Gang durch den Spalt herein.

Irgendwer hinter ihr hustete und wurde sofort mit mehrfachem Zischen zur Ruhe gebracht. Sie musste sich zusammenreißen, nicht laut aufzulachen.

Endlich hörte sie eindeutig Schritte, die sich näherten. In der Sekunde, in der die Tür aufschwang, schaltete Thomas Schmitt das Licht ein und alle grölten los – bis zu dem Augenblick, in dem auch der Letzte erkannt hatte, dass dort nicht Mira stand.

Ein korpulenter Mann hielt sich abwehrend einen Besen vor die Brust und starrte die versammelte Mannschaft mit vor Schreck verzerrter Miene an. Er schien wie festgemeißelt.

»Mensch, Rolf, die nächtliche Putzaktion wurde für heute abgeblasen«, rügte Zoe ihn und versuchte, ihn schnellstmöglich in den Saal zu ziehen.

Doch es war zu spät. Hinter seinem Rücken tauchte Mira auf und schaute über seine Schulter.

»Was ist denn hier los?«

Stille. Man hätte eine Feder zu Boden fallen hören können. Die Rollen hatten sich vertauscht, jetzt starrten alle bewegungslos in Miras und Rolfs Richtung.

Zoe reagierte als Erste, warf die Arme hoch und jubelte Mira zu. Nach und nach stimmten alle Anwesenden ein. Selbst Rolf, der im Grunde keine Ahnung hatte, worum es ging, riss die Hände samt Besen in die Höhe und schrie aus Leibeskräften.

In der Tür stand eine selig vor sich hin grinsende Mira, deren Miene darauf hindeutete, dass die Überraschung trotz Patzer gelungen war.

Es begann eine Aneinanderreihung von Umarmungen und Glückwünschen. Ausgelassene Partymusik hallte durch den Seziersaal und Maike dachte kurz an Horst, der hier ganz in seinem Element gewesen wäre. Ein Kellner reichte Sekt in Reagenzgläsern herum. Lukas inspizierte seines skeptisch.

»Danke, ich trinke nicht«, rief er über die Bässe hinweg und stellte das Glas auf das Tablett zurück. »Ich bin heute der Fahrer«, setzte er noch als Erklärung nach.

Dabei war Maike sich sicher, dass er wohl eher daran zweifelte, dass es sich um saubere, bisher ungenutzte Reagenzgläser handelte.

»Ich hab hier was am Glas kleben«, sagte sie und hielt ihren Sekt gegen das Licht. »Sieht ein bisschen aus wie Hirnmasse, oder was meinst du?«

Er verzog angewidert den Mund, sah von dem Getränk zu ihr und verengte die Augen, als sein Blick auf ihrem breiten Grinsen hängenblieb.

»Entspann dich Lukas, hier ist alles clean.«

»Als Strafe musst du jetzt mit mir tanzen«, erwiderte er, ergriff ihre Hand und begann sich zu drehen.

»Bloß nicht, da bin ich die Falsche. Ich hab zwei linke Füße.« Sie versuchte, sich ihm zu entwinden, ohne ihren Sekt zu verschütten.

»Die Ausrede lassen wir nicht gelten«, rief plötzlich Sandro neben ihr. »Ich melde mich schon mal für die nächste Runde an.«

»Ich gebe meine Kriminalhauptkommissarin nur frei, wenn Sie vorher ein Foto von Maike und mir machen«, entgegnete Lukas und reichte Sandro sein Handy.

»Ich hab zwei linke Füße und bin unfotogen!« Sie streckte die Zunge heraus und schielte, als Sandro sie neben Lukas auf einem Bild einfing.

»Klasse, danke.« Lukas zeigte ihr die Aufnahme und drückte sich das Smartphone dann an die Brust. »Das poste ich jetzt gleich auf dem Social-Media-Kanal unserer Wache. Der Untertitel lautet: Hot Cop und das Biest.«

Maike wollte gerade etwas erwidern, da flüchtete er schon ins Getümmel.

»Darf ich kurz um eure Aufmerksamkeit bitten?«, rief Zoe, gerade als Maike sich Sandro zuwandte, und stellte die Musik leiser.

Miras Doktorvater stand neben Zoe und winkte die frischgebackene Doktorin herbei. Sie platzierten sie in ihrer Mitte und die Anwesenden bildeten einen Halbkreis um die drei.

»Wir sind heute hier zusammengekommen, um Miras Doktortitel und Festanstellung zu feiern«, begann Zoe ihre Rede und wurde von jubelnden Einwürfen unterstützt. Sie trat zu dem Skelett und legte ihm einen Arm um die knochige Schulter. »Unser Ernie hat sich extra für dich schick gemacht, aber einen solchen Hut darf nur diejenige tragen, die ihn sich auch verdient hat.« Zoe zog Skelett Ernie den Doktorhut vom Schädel, setzte ihn Mira auf und ergriff ihre Hände.

»Hör bloß auf, ich heule jetzt schon«, warf Mira ein und schniefte.

Alle klatschten Beifall.

»Da steht sie nun«, fuhr Zoe vor. »Einst ein kleines Mädchen mit langen roten Zöpfen, das sich schon damals, wie sie mir einmal erzählte, heimlich in der Bibliothek Bilder in medizinischen Fachbüchern anschaute.«

Mira hob den Zeigefinger. »Heimkind wohlgemerkt. Bekomme ich da Extrapunkte?«

Sie lachten und klatschten wieder Beifall.

Zoe lächelte sie an, hielt nach wie vor ihre Hände. »Sie hat sich von nichts und niemandem von ihrem Ziel abhalten lassen und wird uns wohl auch in den nächsten Jahren noch zeigen, wie der Hase läuft.«

»Gibt es Freiwillige, die das Diktiergerät halten?«, rief Thomas ein.

Gegröle erfüllte den Raum. Mira schüttelte lachend den Kopf.

»Okay, okay, okay«, rief Zoe und mahnte die Menge mit gespielt strengem Blick wieder zur Ruhe. »Ich halte es besser kurz, sonst werde ich nie mit meiner Rede fertig.« Sie und Mira lächelten sich an. »Im Grunde wollte ich dir eigentlich in unser aller Namen nur sagen, wie stolz wir auf dich sind. Du bist eine Bereicherung für unser Institut, und wir hoffen inständig, dass du uns bestenfalls bis zu deiner Rente erhalten bleibst.«

Mira kullerte eine Träne über die Wange, Zoes Augen glänzten. Maike hatte ihre beste Freundin und Schwägerin selten zuvor so gerührt gesehen.

»Bevor ich das Wort an deinen Doktorvater Dr. Häslein weitergebe, bleibt mir nur noch zu sagen: Ich bin da, wenn du mich brauchst, und auch wenn du völlig allein klarkommst, hoffe ich, dass du trotzdem ab und zu noch bei mir anklopfst.«

Mira nickte übereifrig, entzog Zoe ihre Hände und fiel ihr um den Hals.

»Ob das Büfett schon freigegeben ist?«, flüsterte Sandro neben Maike und deutete zu dem gefliesten Tisch, der unterhalb der Kellerfenster an der gesamten Wand entlangführte und auf dem Servierplatten mit belegten Broten standen. Ihr Bruder bediente sich bereits an den Weintrauben.

»Kannst du hier echt was essen? Da müsste ich schon seit Tagen gehungert haben, um hier Appetit zu bekommen«, erwiderte sie.

»Ich war 16 Stunden in der Luft, das Essen im Flieger war ungenießbar und ich bin vom Flughafen direkt hierhergeeilt«, erklärte er. »Wo wir gerade vom Essen reden, Zoe hat mir vorhin kurz von deinem aktuellen Fall erzählt.«

Maike seufzte. »Da bin ich noch nicht weit gekommen. Aber immerhin haben wir schon mal die Tatwaffe sichergestellt.« Sie tippte Thomas auf die Schulter, der vor ihnen stand und der Rede des Doktorvaters lauschte. »Habt ihr inzwischen die Ergebnisse aus dem Labor?«

»Wie viel hast du schon getrunken, dass du das zu hoffen wagst?«, entgegnete er und machte Pöller Platz, der sich an ihnen vorbeidrängte.

»Nicht mal hier hat man seine Ruhe«, schimpfte dieser in sein Handy. »Im nächsten Leben werde ich Papst. Schicken Sie mir den Liegeort der Leiche per GPS.« Seine Mitarbeiter folgten ihm in dem Moment hinaus, als die Musik wieder lautstark einsetzte und die Party erst so richtig ihren Anfang nahm.

Maike tauschte bei dem mit einem vollen Tablett vorbeilaufenden Kellner ihr leeres Reagenzglas gegen ein volles und prostete Mira zu.

13. Kapitel

»Da musst du jetzt durch«, sagte Lukas am Telefon und lachte.

Sie grummelte etwas Unverständliches, stützte ihren Kopf auf der linken Hand ab und starrte auf die dampfende Kaffeetasse, die vor ihr stand. Daneben lag ihr Handy, auf Lautsprecher gestellt. In ihrer Erinnerung waberten schemenhafte Bilderfetzen herum, wie Lukas sie nachts nach Hause gefahren und die Treppe hochbugsiert hatte. Sogar bis zu ihrem Bett hatte er sie gebracht, danach verschwanden die Bilder im Nebel.

»Ich hab bis heute morgen auf deinem Sofa zugebracht, weil ich nicht sicher war, ob du die Nacht überlebst«, berichtete er ihr.

»Ich war beschwipst, daran stirbt man nicht gleich. Aber danke, dass du dich um mich sorgst.« Sie schenkte sich ein Glas Wasser ein und warf zwei Aspirin hinein. Dass sie nicht mal auf Kaffee Appetit hatte, gab ihr zu denken.

»Es sind schon einige Menschen an ihrem Erbrochenen erstickt«, gab er zurück.

Sie sah dabei zu, wie sich die Tabletten sprudelnd auflösten. »Ich hab mich doch gar nicht übergeben.« Sie schloss die Augen. »Oder doch?«

»Du sahst aber danach aus, als wolltest du dir jeden Moment noch mal alles durch den Kopf gehen lassen«, erwiderte er.

Sie schluckte bei dem Gedanken und grummelte wieder.

»Ich wollte einfach vorsichtshalber ein Auge auf dich haben und bin dann heute Morgen zeitig los. Quasi gleich von dir zur Wache. Ich verlängere meine Mittagspause und fahr dann kurz nach Hause duschen und mich umziehen.«

»Duschen hättest du auch bei mir können.« Sie trank einen Schluck vom Arzneiwasser und verzog das Gesicht. Selbst diese kleine Regung verursachte ein Stechen im Kopf und sie schloss wieder die Augen.

»Und dir währenddessen beim Frühstücken zusehen?«, fragte er scherzend. Sie konnte sein Grinsen regelrecht vor sich sehen.

»Hey, nichts gegen meine Küche.«

Er lachte. »Die Lindgrafs haben sich gestern Abend noch bei Gabi gemeldet. Soll ich alleine zu ihnen gehen?«

Welch verlockendes Angebot. Sie sah sich schon in ihr Bett fallen, das Licht ausschalten und weiterschlafen. Doch sie hatte ihren Job zu erledigen, und Dileks seltsames Verhalten ging ihr sowieso nicht aus dem Kopf.

»Ich schaffe das, ich bin Superwoman. Haha«

»Dann schau ich inzwischen die Akten weiter durch. Bis später.«

»Bis später.« Ihr Finger schwebte schon über dem Display, um den Anruf zu beenden. »Ach Lukas ...? Danke noch mal, dass du heute Nacht auf mich aufgepasst hast. Du bist zu nett, um wahr zu sein.«

»Schon gut.« Er legte auf.

Maike zwang sich, das Glas auszutrinken und zumindest einen Schluck vom Kaffee zu nehmen. Die anschließende Dusche tat gut, änderte aber nichts an dem unablässigen Hämmern in ihrem Schädel. Als sie sich beim Anziehen hinunter beugte, um ihre Socken überzustreifen, kam sie ins Schwanken. Und als sie schließlich vor die Haustür trat, traf die Hitze sie wie ein Hammer.

»Autsch.« Sie setzte sich die Sonnenbrille auf, massierte sich die Schläfen und wechselte die Straßenseite, wo ihr Bäume entlang des Weges Schatten spendeten.

Glücklicherweise war sie bis zu den Lindgrafs nicht auf ihr Auto angewiesen. Bis zum Ende der Sackgasse brauchte sie zu Fuß nur zehn Minuten.

Als sie vor dem Haus eintraf, stand Hellmut Strauß mit Doppel-L und ß wieder hinter der lichten Hecke und spähte aufs Nachbargrundstück.

»Guten Morgen«, grüßte sie ihn und klingelte.

Er hob die Hand und ging halb in Deckung, als sich die Haustür öffnete und eine schlanke Frau mit kinnlangen lockigen Haaren heraustrat.

»Sie sind bestimmt die Kriminalhauptkommissarin«, sagte die Frau und streckte ihr die Hand entgegen.

»Maike Pech.« Sie versuchte, keine allzu leidvolle Miene zu ziehen.

»Bitte, kommen Sie doch herein«, sagte eine Frau mit langen, blond gesträhnten Haaren, die Maike im Flur erblickte.

»Ich bin Ayse Lindgraf«, stellte die Lockige sich vor.

»Lydia Hoffmann«, sagte die andere.

Maike nickte vorsichtig, ging an Frau Lindgraf vorbei und folgte Frau Hoffmann ins Wohnzimmer.

»Können wir Ihnen etwas zu trinken anbieten? Einen Kaffee vielleicht?«

Maike setzte sich auf den ihr angebotenen Platz auf der Couch und überdachte ihre Antwort. Inzwischen war etwas Zeit vergangen. Sie sollte einen zweiten Versuch wagen.

»Ein Kaffee wäre nett, danke. Mit etwas Milch, bitte.«

Frau Hoffmann verschwand umgehend in der Küche, Frau Lindgraf nahm in einem Sessel Platz.

»Mein herzliches Beileid zum Verlustes Ihres Mannes«, sagte Maike und achtete auf die Reaktion ihrer Gegenüber.

Die atmete schwer, zog ein zerknülltes Taschentuch aus dem langen Ärmel ihrer Bluse und tupfte sich die Nase. Ihre Augen waren gerötet und glänzten von Tränen.

»Ich kann es noch nicht glauben«, sagte sie mit erstickter Stimme und presste sichtlich um Beherrschung bemüht, die Lippen zusammen. »Ich denke, Dietrich kommt jeden Moment lachend um die Ecke und nimmt uns in die Arme.«

In der Küche war, einen Tick zu laut, der Kaffeeautomat zu hören.

Maike blinzelte gegen das Ziehen in den Schläfen an.

»Wie kam es denn, dass Sie ohne Ihren Mann in den Urlaub gefahren sind?«, erkundigte sie sich und drängte den Schmerz zurück.

»Ist Ihnen bekannt, ob Ihr Ehemann und Partner mit jemandem Streit oder anderweitig Probleme hatte?«

Sie schüttelten synchron die Köpfe.

Maike heftete ihren Blick auf die Ehefrau. »Wie ist das Verhältnis zu Ihrer Tochter?«

Lydia Hoffmann seufzte und Frau Lindgraf streichelte ihre Hand.

»Wir sind ... waren glücklich, doch unsere Tochter kann das nicht akzeptieren.«

»Sie hat uns gestern hier im Zuge der Ermittlungen ins Haus gelassen«, sagte Maike vorsichtig und machte sich auf geballte Empörung gefasst.

»Ja, das hat uns Herr Strauß schon berichtet«, erwiderte Frau Lindgraf in ruhigem Ton. »Hat es Sie denn weitergebracht?«

Mit dieser Einstellung hatte Maike nicht gerechnet. Die beiden Frauen hatten im Gegensatz zu der Tochter anscheinend nichts zu verbergen.

»Gibt es hier etwas, das für Dilek von Interesse sein könnte?«

Ayse und Lydia sahen sich stirnrunzelnd an, und Maike nutzte die Gelegenheit und griff zur Kaffeetasse. Sie schlürfte das warme Getränk in ihren Mund, brachte es aber nicht über sich, es hinunterzuschlucken. Das war kein Kaffee, wie sie ihn mochte und jetzt unbedingt gebraucht hätte. Welche Milch auch immer Lydia verwendet hatte, sie stammte nicht von einer Kuh.

»Könnten Sie da konkreter werden?«, bat Frau Lindgraf.

Maike blieb keine andere Wahl, als das Gesöff hinunterzuwürgen. Sie räusperte sich mehrfach.

»Sie hatten doch kürzlich einen Notartermin in der Kanzlei Schlag & Hau. Worum ging es da?«

»Ach das.« Lydia Hoffmann winkte ab. »Dietrich hat sein Testament zu meinen Gunsten geändert. Aber davon weiß Dilek nichts.«

Frau Lindgraf sah zu ihrer Partnerin auf. »Das stimmt nicht ganz«, warf sie ein. »Als ich zuletzt etwas mit meiner Enkelin unternommen habe und sie anschließend zu Dilek zurückbrachte, hat sie wieder derart über Dietrich hergezogen, dass ich diesbezüglich etwas durchblicken lassen habe. Es hat mich einfach so gekränkt, wie schlecht sie über ihren Vater spricht.« Jetzt sah sie Maike an, ihre Augen wurden immer größer. »Sie glauben doch nicht etwa ...?«

Lydia schüttelte energisch den Kopf. »Nein, so weit würde Dilek nicht gehen. Selbst wenn sie jetzt durch das Testament schlechter dasteht, geht sie am Ende trotzdem nicht leer aus.«

Maike massierte sich die Stirn. »Ist Dilek das bewusst?«, fragte sie. Da klingelte ihr Handy. Sie ging hastig ran, um den Klingelton nicht länger ertragen zu müssen.

»Ich glaube, ich hab was«, sagte Lukas, bevor sie ein Wort herausbrachte. »Hier gibt es Unterlagen zu einem Bankschließfach, das erst kürzlich von Herrn Lindgraf eröffnet wurde. Vielleicht findet sich dort etwas, das uns weiterbringt.«

»Warte kurz.« Sie ließ das Handy sinken und sah die beiden Frauen an. »Ihr Ehemann und Partner besitzt neuerdings ein Bankschließfach?«

»Ja, Dietrich meinte, in letzter Zeit hätten die Haus-Einbrüche wieder zugenommen«, antwortete Lydia. »Er wollte wichtige Dokumente und ein paar unserer Wertsachen dort einlagern.«

Ayse stand auf. »Warten Sie, ich hole den Schlüssel.«

14. Kapitel

Ayse Lindgraf hatte den Schlüssel für das Bankschließfach aus dem Safe geholt und Maike zur Niederteerbacher Bank begleitet. Lydia war zu Hause geblieben.

Dort warteten sie auf Lukas, der Unterlagen samt Ordner mitbrachte. Welche Nummer das Schließfach hatte, wusste Ayse nicht. Die beiden Frauen hatten sich offenbar nie um Dietrichs Papierkram gekümmert.

Die Niederteerbacher Bank sah aus, als hätte sie schon seit Jahrzehnten geschlossen. Von den Fensterscheiben löste sich die Beschriftung, die Tür hatte Rost angesetzt und die Inneneinrichtung stammte aus den Sechzigern. Maike konnte sich nicht vorstellen, dass Dietrichs Wertsachen hier sicherer aufgehoben waren als in seinem Safe zu Hause.

Als Lukas mit den Unterlagen zu ihnen stieß, warf die hochgewachsene Bankangestellte nicht einmal einen Blick darauf. Und auch bei Ayse Lindgrafs Ausweis, den diese ihr vor die Nase hielt, winkte sie ab.

»In Niederteerbach kennen wir uns doch alle«, säuselte sie nur und stolzierte voraus. »Ich habe mich schon gefragt, wann Sie kommen. Das ist so schlimm, mit Ihrem Mann, Frau Lindgraf. Das ganze Dorf ist deswegen aus dem Häuschen.«

Lukas' Handy meldete sich schrillend, als sie gerade im Hinterzimmer bei den Schließfächern ankamen. Mittlerweile waren Maikes Kopfschmerzen deutlich abgeflaut, aber sie hoffte trotzdem, dass er zügig abnahm.

»Das ist die Bürgermeisterin«, flüsterte er mit Blick auf das Display. »Da sollte ich das Gespräch wohl besser annehmen.«

»Halte es bitte kurz«, sagte Maike und bedeutete Ayse Lindgraf durch Heben der Hand, mit dem Öffnen des Faches zu warten.

»Polizeikommissar Lukas Yilmaz«, meldete er sich standesgemäß. »Die Frau Pech ... Ja, die ist ...«

Maike zog sich die Hand wie eine Klinge über den Hals und schüttelte energisch den Kopf. Die Schmerzen waren augenblicklich wieder da.

»Äh ... Ich weiß auch nicht, warum Sie sie nicht erreichen.«

Er hob fragend den Arm, was sie nur mit einem Schulterzucken quittierte. Nachdem der wertvolle Taktstock bei der Spurensicherung gelandet war und Pöller ihr klargemacht hatte, dass er den Vorgang nicht wegen einer übereifrigen Bürgermeisterin beschleunigen würde, hatte sie Vorkehrungen treffen müssen, damit die Graefe ihr nicht ständig in den Ohren lag. Sie hatte sie kurzerhand blockiert und war versucht, diese Strategie dauerhaft weiterzuführen.

»Sie steckt mitten in Ermittlungen. Wenn ich sie sehe, sage ich ihr aber, dass Sie angerufen haben«, sagte Lukas gerade mit wackliger Stimme, offenbar fiel ihm die Lüge schwer.

Da meldete sich auch Maikes Handy.

»Kann ich dich später zurückrufen?«, fragte sie Zoe leise.

»Oh oh, da ist jemand verkatert oder warum flüsterst du?«

»Damit mich Bienchen nicht hört.«

»Meinst du Martin?«

Maike starrte an die Wand. »Du glaubst nicht ernsthaft, dass ich Martin Bienchen nenne? Ich meine Sabine Graefe!«

»Ach so.« Nun flüsterte auch Zoe. »Gut, dass wir gerade von ihr sprechen. Sie hat keine Ruhe gegeben und bis zur höchsten Stelle Druck gemacht. Der Taktstock bekam oberste Priorität. Daher kann ich dir jetzt mitteilen, dass es sich bei ihm tatsächlich um die Mordwaffe handelt. Die Partikel aus der Wunde stammen eindeutig von dessen Eisenspitze.«

»Alles klar, davon bin ich im Grunde auch ausgegangen. Danke dir, ich melde mich später noch mal.«

»Okay. Bis dann.«

Lukas hatte seinen Anruf mit der Graefe inzwischen beendet, sich Handschuhe übergezogen und das Schließfach geöffnet.

Maike streifte sich ebenfalls Handschuhe über. »Dann sehen wir doch mal, was wir hier haben.« Sie nahm die Kassette heraus, stellte sie auf den Tisch mitten im Raum und klappte sie auf. Die Bankangestellte hatte sich zurückgezogen, daher breitete Maike alles, was ihr in die Finger kam, nach und nach vor ihnen aus.

Eine Schatulle mit zwei Uhren, Wertpapiere, die Eheringe ...

»Sie sind uns mit der Zeit zu eng geworden«, erklärte Ayse Lindgraf.

Maike sah kurz zu ihr auf und nahm als Nächstes einen dicken Umschlag mit Zweihunderteuroscheinen heraus.

»Um Himmels willen!« Ayse Lindgraf legte sich eine Hand auf die Brust. »Ich hatte ja keine Ahnung ... so viel Geld!«

Lukas griff nach den Scheinen. »Ich zähle mal durch.«

»Haben Sie eine Idee, woher Ihr Mann das viele Bargeld hatte?«

Frau Lindgraf schüttelte den Kopf. Ihre Augen füllten sich mit Tränen und sie zog wieder das Taschentuch aus dem Ärmel.

»Das sind 30.000 Euro«, ließ Lukas sie wissen.

»Ich weiß wirklich nicht, woher er dieses Geld hat«, versicherte Ayse Lindgraf noch einmal und wich vom Tisch zurück. »Unser Sparkonto hatten wir damals für den Anbau am Haus geplündert und danach gekündigt.«

Maike hielt als Nächstes ein Dokument in der Hand, dass sich als das aktualisierte Testament herausstellte. Weiter fanden sich in der Kassette eine Ansichtskarte von Mallorca und Unterlagen vom Hauseigentum.

»Wieso hatte er denn die Karte noch?«, sagte Ayse Lindgraf mehr zu sich selbst, trat wieder näher und nahm sie zur Hand. »Die war vielleicht in ein anderes Dokument gerutscht und ist so ins Schließfach geraten. Dietrich wollte die Karte eigentlich bei Herrn Landgraf in den Briefkasten werfen.«

Maike horchte auf. »Dieter Landgraf?«

Ayse Lindgraf nickte. »Seine Post wurde versehentlich bei uns eingeworfen. Wahrscheinlich war es wieder die Vertretung aus Oberteerbach.«

»Na ja, bei der Namensähnlichkeit kann das schon mal passieren«, sagte Lukas. »Dietrich Lindgraf und Dieter Landgraf.«

»Ich wohne bei Herrn Landgraf im Haus und kann die Karte bei ihm einwerfen«, bot Maike Frau Lindgraf an.

»Das wäre nett, danke.«

Maike nahm sie an sich und wollte einen Blick auf die Adresse werfen, um sicherzugehen, dass die Karte auch tatsächlich für ihren Vermieter gedacht war. Doch eine Adresse war darauf gar nicht angegeben.

»Woher wollen Sie denn wissen, dass die Karte für Herrn Landgraf bestimmt ist?«, erkundigte sie sich und deutete auf das freie Adressfeld.

»Die Karte steckte in einem Briefumschlag. Hier, sehen Sie.« Ayse Lindgraf zog ihn aus der Kassette. »Dietrich hat den Fehler erst bemerkt, als er ihn schon aufgerissen hatte.«

Maike nahm ihr den Umschlag ab und runzelte die Stirn. Zu der Namensähnlichkeit der beiden Männer kam noch, dass Landgrafs Adresse Erwin-Schmadtke-Straße 2 und die der Lindgrafs Erwin-Schmadtke-Straße 22 lautete. Da konnte es schon sein, dass Lindgraf das anfänglich übersehen hatte. Man ging ja davon aus, dass die Post in einem Einfamilienhaus für einen selbst bestimmt war.

»Ich frage mich, warum jemand eine Postkarte in einem Kuvert verschickt«, warf Lukas beiläufig ein und nahm eine Schatulle mit einer Perlenkette aus der Kassette.

»Zum Beispiel, wenn man zu einem bestimmten Anlass Geld verschickt«, sagte Maike nachdenklich. Ihr Blick fiel auf die vielen Geldscheine, die jedoch niemals alle in den Umschlag gepasst hätten.

»Wollen Sie damit sagen, mein Mann hätte Geld entwendet, das für Herrn Landgraf bestimmt war?« Ayse Lindgraf schüttelte energisch den Kopf. »Nein, nein. Ich saß mit am Tisch, als er den Umschlag geöffnet hat. Da war kein Geld drin, nur die Karte.«

Maike betrachtete die Ansichtskarte von Palma de Mallorca, drehte sie herum und überflog die Zeilen. »Die Karte kann nicht für Dieter Landgraf sein«, murmelte sie gedankenverloren. Sie nahm den Umschlag wieder zur Hand und sah auf den Poststempel neben der Briefmarke. »Die Brief wurde vor einem Monat aufgegeben.« Sie schaute Lukas an. »Aber die Karte wurde von einer Mutter an ihren Sohn geschrieben und soviel ich weiß, lebt die Mutter meines Vermieters nicht mehr.«

Ihre Blicke hefteten sich auf Ayse Lindgraf. »Ich hab die Karte nicht gelesen«, brach es aus ihr heraus. »Und die familiäre Situation von Herrn Landgraf kenne ich nicht.«

»Ich wüsste da jemand, der sie mit Sicherheit kennt«, sagte Lukas an Maike gewandt.

Sie nickte. »Gabi weiß es.« Die Karte samt Umschlag in der einen und das Smartphone in der anderen Hand, verließ sie das Hinterzimmer der Bank und wählte Gabis Nummer.

»Ich wälze mich immer noch durch die Ordner«, sagte Gabi und seufzte.

Im Hintergrund hörte Maike Horst singen.

»Gabi und Horsti verliefen sich im Wald ...«

»Aber ich komme nicht so schnell voran, wie ich will. Der Horst ist gekommen und will wieder in seine Zelle.«

»Sag mal, Gabi, die Mutter von meinem Vermieter lebt nicht mehr, oder liege ich da falsch?«

»Die Ursula? Ach, die ist schon seit beinahe 15 Jahren tot.«

Maike kratzte sich die Stirn. »Hat er vielleicht noch eine Schwiegermutter?«

»Nee, der Landgraf ist ein ewiger Junggeselle.«

»Gabilein, ging allein, in die weite Welt hinein ...«

»Jetzt sei doch mal leise, Horst, ich versteh die Maike kaum.«

»Maikelein, komm doch heim und bring Horsti in seine Zelle rein ...«

Maike musste trotz ihrer Kopfschmerzen lachen.

»Warum fragst du das?«, erkundigte sich Gabi.

»Ich lese dir mal eine Postkarte vor, die an ihn adressiert ist.« Sie räusperte sich.

Mein lieber Dietl!

Es geht mir ausgezeichnet. Ich gehe nicht mehr so oft an den Strand, da es mir auf meine alten Tage zunehmend schwerfällt, im Sand zu laufen. Aber ich schwimme jeden Tag im Pool der Wohnanlage und erfreue mich nachmittags am Senioren-Beschäftigungsprogramm. Mit der Ilse und der Heidi spiele ich auch gerne Karten. Komme mich doch ganz bald mal wieder in Palma besuchen.

Deine dich liebende Mutter

»Bist du noch dran?«, fragte Maike ungeduldig, da es am anderen Ende der Leitung bis auf Horsts Hintergrundgesang still blieb.

»Ja, aber ich bin verwirrt. Kann es vielleicht sein, dass die Karte schon älter ist und jetzt erst ankam?«

»Nein, der Poststempel ist aktuell und das Papier der Karte noch kein bisschen vergilbt oder abgegriffen. Für mich klingt das auch nicht nach Urlaubsgrüßen. Diese Frau scheint auf der Insel zu wohnen.«

Da die Bankangestellte sich interessiert über den Tresen lehnte und sie belauschte, verließ Maike das Gebäude und suchte sich draußen unter einem Baum ein schattiges Plätzchen.

»Mir schwirrt der Kopf, aber erinnere mich noch genau«, sagte Gabi unsicher. »Dieter Landgraf und seine Mutter, die Ursula, waren damals gemeinsam im Mallorca-Urlaub. Sie sind jeden Sommer auf die Insel geflogen. Aber dann kam der Dieter irgendwann mit einer Urne statt mit der Ursula zurück. Sie ist beim Schwimmen im Meer von einem PS-starken Motorboot erfasst worden. Ein schlimmer Badeunfall. Da hatte es auch noch eine andere Schwimmerin erwischt.« Sie seufzte. »Der Dieter hat ihre Überreste auf der Insel einäschern lassen, da ihm die Sargüberführung nach Deutschland zu teuer war und sie ja auch zerstückelt war.«

Maike lehnte sich an den Baumstamm. »Laut der Karte ist die Dame noch ziemlich lebendig und genießt ihr Rentnerdasein auf der Insel.« Sie kaute auf ihrer Unterlippe. Die 30.000 Euro, die mit in der Kassette lagen, kamen ihr in den Sinn. »Herr Landgraf ist nach dem angeblichen Tod seiner Mutter nicht zufällig an Geld gekommen?«

»Jetzt, wo du es sagst«, erwiderte Gabi. »Er ist in seinem alten Elternhaus wohnen geblieben, hat aber wohl nach und nach andere Wohnobjekte gekauft und diese vermietet.«

»Und woher hatte er plötzlich das Geld dafür?«, hakte Maike nach.

»Im Dorf wurde gemunkelt, er hätte im Lotto gewonnen.«

Maike verengte die Augen, stieß sich vom Baum ab und ging auf Lukas zu, der in diesem Moment mit Ayse Lindgraf aus der Bank kam. »Oder die Landgrafs hatten eine oder mehrere Lebensversicherungen abgeschlossen, die nach Ursulas Tod ausgezahlt wurden.«

»Das wäre ja ein Ding«, sagte Gabi fassungslos.

»Danke erst mal. Lukas und ich gehen der Sache auf den Grund.« Sie beendete den Anruf und reichte Frau Lindgraf die Hand. »Wir melden uns, wenn wir noch weitere Fragen haben.«

Ayse Lindgraf nickte und verabschiedete sich auch von Lukas. »Finden Sie bitte den Mörder meines Mannes.« Sie ging davon.

Lukas wandte sich Maike zu. »Und was machen wir jetzt?«

»Wir statten meinem Vermieter einen Besuch ab«, sagte sie entschieden, steckte die Postkarte und den Umschlag in ihre hintere Jeanstasche. Dann schlugen sie den Weg zu Maikes Wohnung ein.

15. Kapitel

»Wenn es stimmt und Landgrafs Mutter tatsächlich noch lebt, geht es dabei womöglich um Versicherungsbetrug«, sagte Maike.

»Dann müssen wir die Ansichtskarte den zuständigen Kollegen übergeben«, erwiderte Lukas.

Sie blieb stehen und sah ihn an. »Vorher will ich wissen, was da faul ist, immerhin geht es um meinen Vermieter. Und ich werde auch das Gefühl nicht los, dass das irgendwie mit unserem Fall zusammenhängt.«

Er tippte mit dem Zeigefinger gegen sein Kinn. »Was, wenn die Karte nicht versehentlich ins Testament gerutscht ist und aus einem anderen Grund mit im Bankschließfach landete?«

Maike nickte. »Womöglich hat Dietrich Lindgraf sie dort ganz bewusst aufbewahrt.«

Lukas' Lider zuckten. Sie konnte ihm förmlich ansehen, wie sein Gedanken-Karussell Fahrt aufnahm. »Du siehst eine Verbindung zu dem Geld«, sagte er, mehr eine Feststellung als eine Frage.

Sie nickte. »Im Dorf gehen alle davon aus, dass Landgrafs Mutter vor knapp 15 Jahren ums Leben kam. Ayse Lindgraf hat die Karte nicht gelesen, ihr Mann aber wahrscheinlich schon. Was, wenn er meinen Vermieter damit konfrontiert hat?«

Lukas fuhr sich mit dem Zeigefinger über den Nasenrücken. »Und Landgraf hat ihm 30.000 Euro gezahlt, damit er dichthält?«

Maike nickte erneut.

»Aber warum sollte Landgraf Lindgraf dann umbringen wollen?«

Sie zuckte mit den Schultern. »Vielleicht war er bei ihm im Zelt und es kam deswegen zum Streit? Vielleicht wollte er mehr Geld?«

»Dann hätte er doch im Affekt gehandelt«, überlegte Lukas. »Dietrich hatte den Koffer mit dem Taktstock wahrscheinlich schon geöffnet, um ihn für den Auftritt zu nutzen.«

Ihr Wohnhaus war inzwischen in Sichtweite und Maike sah zu den oberen Fenstern hinauf. »Dann brauchte Dieter Landgraf nur noch zugreifen und dem Chorleiter den Taktstock in den Hals rammen.«

»Aber dein Vermieter hatte doch ausgesagt, dass er jemanden ins Zelt hat gehen sehen.«

»Und im Grunde Klaus Böttger beschrieben, da er ihm die Mordwaffe im Anschluss unterjubeln und somit den Mord anhängen wollte«, stieß sie aus. Plötzlich passte alles zusammen. Alle wussten, dass Klaus Böttger wegen seiner Kündigung sauer war. Damit eignete er sich perfekt als Sündenbock.

»Das würde aber eher gegen eine Affekttat sprechen«, warf Lukas ein.

Maike lehnte sich an die schwere Haustür und stemmte sie auf. »Noch sind wir im Land der Spekulation. Ich hoffe, wir sehen gleich klarer.«

Sie bat Lukas, vorerst im ersten Stock vor ihrer Wohnungstür zu warten, hinter der Crockett und Tubbs sie gehört hatten und mauzten. Wenn Landgraf Lukas in seiner Uniform erblickte, würde er sofort Lunte riechen. Gut möglich, dass er schon wieder hinter seiner Gardine hervorgegafft und sie bereits beim Betreten des Hauses beobachtet hatte. Aber wenn sie allein klingelte, würde er vielleicht annehmen, dass sie als Vermieterin ein Anliegen hatte. Was allerdings auch dazu führen konnte, dass er nicht öffnete.

Die Stufen knarzten, als sie die Treppe bis ins Obergeschoss hinaufstieg. Es war unvermeidbar, dass Landgraf sie kommen hörte.

Das schrille Klingeln an seiner Wohnungstür konnte man vermutlich noch im Nachbarhaus wahrnehmen. Obwohl sie wusste, wie laut die Klingel war, zuckte sie jedes Mal wieder zusammen. In ihrem Kopf meldete sich das Hämmern zurück.

Es raschelte hinter der Tür, doch niemand öffnete.

»Kommen Sie schon, Herr Landgraf, ich weiß, dass Sie da sind. Ich klingle so lange, bis Sie mir aufmachen.«

Es tat sich nichts. Als sie jedoch abermals klingelte, riss er urplötzlich die Tür auf.

»Was wollen Sie denn schon wieder?«, blaffte er sie an und blähte die Nasenflügel auf. »Ich habe bereits veranlasst, die Briefkastenschlösser von Herrn Rake und ihnen austauschen zu lassen.«

»Das ist aber nett.« Sie lächelte breit. »Allerdings habe ich heute ein anderes Anliegen. Darf ich eintreten?«

Er verschränkte die Arme vor der Brust. »Nein.«

Sie atmete tief durch, zog die Ansichtskarte von Mallorca aus ihrer Po-Tasche, hielt sie ihm vor die Nase und streckte als Zeichen für Lukas den Arm über das Treppengeländer.

Landgraf starrte auf die Karte, dann auf Lukas, der die Stufen heraufkam. Sie folgte nur kurz seinem Blick, dann schlug ihr Vermieter die Tür zu.

Maike unterdrückte ein Fluchen. »Herr Landgraf, lassen Sie uns in Ruhe darüber reden«, rief sie und klopfte.

Er reagierte nicht.

Sie klingelte Sturm. Nichts.

»Und nun?« Lukas sah sie ratlos an. Zeitgleich war aus der Wohnung ein Poltern zu vernehmen. »Was meinst du, besteht die Gefahr, dass er sich was antut?«

»Verdammt«, fluchte sie nun doch. »Ich kann hier keine Verstärkung rufen, ohne Beweise zu haben.«

Lukas zückte seine Geldtasche und nahm eine Kreditkarte heraus. »Es besteht Gefahr für Leib und Leben, richtig?«, fragte er hektisch und machte sich an Landgrafs Wohnungstür zu schaffen.

»Das ist korrekt.« Maike klopfte ihm bestärkend auf die Schulter. Seit dem letzten Mordfall im Meditationsstudio wusste sie, dass sie sich auf ihn verlassen konnte, wenn es um das Öffnen von Türen ohne Schlüssel ging.

Es dauerte keine Minute, dann hatte Lukas die Tür geknackt und Maike trat ohne zu zögern ein. Nach zwei Schritten blieb sie jedoch stehen und schaute sich fassungslos um. »Echt jetzt?«, brach es aus ihr heraus, während sie ein Déjà-vu erlebte. Wie im Büro der Graefe flimmerte ihr kühle, klimatisierte Luft entgegen. Im Vergleich zu Philipps und Maikes Behausungen hätte sie in dem alten Haus niemals erwartet, eine so luxuriöse Wohnung vorzufinden.

»Herr Landgraf, wir betreten jetzt Ihre Wohnung«, rief Lukas und zog seine Dienstwaffe.

Maike traute ihrem Vermieter durchaus zu, mit einer Art Schläger oder einem Küchenmesser um die Ecke zu kommen, und tat es Lukas gleich.

Sie kam nicht darüber hinweg, wie vornehm Landgraf hier wohnte. Ein Massagesessel und eine cremefarbene Sitzlandschaft standen in der Mitte des Wohnzimmers, der riesige Fernseher an der Wand konnte es mit einer kleinen Kinoleinwand aufnehmen. Als Raumteiler zur noblen Küche, die auf den ersten Blick erkennen ließ, dass sie mit allerlei Schnickschnack ausgestattet war, diente ein großes Aquarium, in dem farbenfrohe Fische zwischen Korallen umher schwammen.

»Donnerwetter«, flüsterte Lukas. »Hier würde ich auch wohnen wollen.«

Maike vernahm über sich ein verdächtiges Kratzen, dem ein Poltern und Fluchen folgte.

»Er ist auf dem Dach«, stießen sie gleichzeitig aus.

In der Küche stand ein Stuhl unter einem schrägen Dachfenster, durch das Landgraf zweifellos hinausgestiegen war. Dieses Haus war zu beiden Seiten in geschlossener Bebauung mit den benachbarten Gebäuden verbunden.

»Er versucht über die anderen Hausdächer zu fliehen«, rief Lukas und rannte aus der Wohnung.

Wenn das kein Schuldeingeständnis ist, dachte Maike. Sie steckte ihre Waffe zurück ins Holster, lehnte sich aus dem schrägen Fenster und entdeckte Dieter Landgraf sitzend auf dem Trittbrett für den Schornsteinfeger.

»Was machen Sie denn für einen Unsinn?«, rief sie. »Wollen Sie herunterfallen?«

Er hielt sich verkrampft an den Dachziegeln fest, stöhnte und verzog schmerzverzerrt das Gesicht. »Ich hab mir den Rücken verrenkt«, keuchte er.

»Das haben Sie nun davon.« Sie seufzte. »Wenn Sie zwei Sprossen heruntersteigen, kann ich Sie am Bein fassen und stützen.«

»Einen Teufel werde ich tun, Sie werden mich wegsperren!« Er machte Anstalten, weiter zu klettern, schrie aber bei der kleinsten Bewegung vor Schmerz auf. Er kam nicht vorwärts geschweige denn zurück.

»Ich werde Ihre Mutter anrufen«, sagte Maike. »Vielleicht kann sie Sie zur Vernunft bringen.«

»Woher haben Sie denn die Telefonnummer meiner Mutter?«, brachte er keuchend hervor.

Damit hatte er ihr bestätigt, dass die Dame tatsächlich noch lebte.

»Was haben Sie denn geglaubt, wie lange Sie mit der Vortäuschung Ihres Todes davonkommen?«

»Für die Unfähigkeit des Oberteerbacher Briefträgers kann ich doch nichts«, zischte er, presste stöhnend die Lippen zusammen und setzte flüsternd nach: »Der Lindgraf hätte den Umschlag gar nicht öffnen dürfen.«

»Und damit er dichthielt, haben Sie ihm Schweigegeld in Höhe von 30.000 Euro gezahlt«, warf sie ein und setzte eine selbstsichere Miene auf, die ihm verdeutlichen sollte, dass sie das aus sicherer Quelle wusste. Es konnte ja durchaus möglich sein, dass Lindgraf seine Frauen eingeweiht hatte. Womöglich hatte der Umstand, dass sie im Urlaub waren, ihnen sogar das Leben gerettet?

»Er konnte den Hals nicht voll genug kriegen!«, wetterte Landgraf, wischte sich hastig mit einer Hand den Schweiß aus dem Gesicht, und suchte dann wieder an einem Dachziegel Halt.

Die Hitze machte ihm deutlich zu schaffen. Das Dach flimmerte in der Sonne. Dieter Landgraf tropfte der Schweiß von der geröteten Nase. Wenn sie ihn nicht bald vom Dach herunterbekam, würde er wohl oder übel einen Sonnenstich erleiden.

Sie verlagerte ihr Gewicht von einem Bein aufs andere und lehnte sich noch ein Stück weiter aus dem Fenster. Er saß fest. Maike würde es nie allein schaffen, ihn vom Dach zu bekommen.

»Alles klar da oben?«, rief Lukas von unten.

Die Kuschel radelte gerade auf ihrem Drahtesel vorbei, hielt an und folgte Lukas' Blick. »Juhu«, flötete sie und winkte.

»Ich befürchte, wir brauchen die Feuerwehr«, rief Maike zurück.

Lukas hielt den Daumen hoch und griff zu seinem Handy.

»Das soll doch wohl jetzt ein schlechter Scherz sein?«, schimpfte Landgraf. »Auf keinen Fall die Feuerwehr.«

»Dann wollen Sie wohl auf dem Dach übernachten?«

Er keuchte wieder. »Holen Sie mir ein Ibuprofen.« Er deutete mit dem Finger unter sich. »Im Spiegelschrank im Bad.«

Maike tat ihm den Gefallen und war inzwischen wenig überrascht, dass sein Badezimmer mit Wasserfall-Dusche und Whirlpool-Badewanne aufwartete. Sie fand die Tabletten, füllte seinen Zahnputzbecher mit Wasser und kehrte zum Dachfenster zurück.

»Sie sind ein Spaßvogel«, blaffte er sie an, als sie ihm den Becher zu reichen versuchte. Wenn er sich ihr nicht mal ein wenig entgegenlehnen konnte, blieb er für sie unerreichbar.

»Ich werfe Ihnen die Packung zu«, rief sie. »Achtung.« Sie deutete an und warf.

Landgraf fing sie tatsächlich auf, drückte sich zwei Tabletten heraus, warf sie sich in den Mund und schluckte sie hinunter.

Mittlerweile näherten sich die Sirenen. Als Maike hinunterblickte, entdeckte sie Harry und die Tachmoiner, die das Geschehen bemerkt hatten und von der Fressoase über den Rathausplatz in ihre Richtung schlenderten. Neben Lukas und Frau Kuschel stand nun auch noch die Bäckereiverkäuferin vor dem Haus.

»Ihren Versicherungsbetrug mit einem Mord verschleiern zu wollen war keine gute Idee, Herr Landgraf«, pokerte Maike weiter.

Er schnaubte verächtlich, wich ihrem Blick aus. Es fehlte nicht mehr viel, dann hatte sie ihn am Haken.

»Herrn Böttger die Tatwaffe unterjubeln zu wollen, haben Sie auch verpatzt«, rief sie hinauf.

»Das müssen Sie mir erst einmal beweisen«, brach es aus ihm heraus. Er schob den Unterkiefer vor und es machte den Eindruck, als ob er schmollte.

»In Klaus Böttgers Keller wurde inmitten der Einbruchsspuren ein weißes Haar gefunden.«

Wie im Affekt strich er hektisch über seins.

»Wir werden die sichergestellte DNA aus der Haarwurzel mit Ihrer vergleichen«, fuhr sie fort.

Er schob den Unterkiefer noch weiter nach vorn, wirkte ein wenig wie Statler aus der Muppet Show. Bestreiten sah anders aus.

Die Feuerwehr hatte das Haus inzwischen erreicht und fuhr die Leiter aus. Das halbe Dorf war nun auf dem Platz versammelt und tuschelte. Ingo Brandt machte eifrig Fotos.

»Was für eine Blamage«, grummelte Dieter Landgraf in sich hinein.

»Das ist jetzt Ihr geringstes Problem«, erwiderte Maike, trat vom Fenster zurück und rief Lukas an.

»Wenn Landgraf unten bei dir ankommt, leg ihm Handschellen an und bring ihn bitte zur Wache.«

»Sag bloß, der hat gestanden?«

»Unser Gespräch reicht auf jeden Fall für eine Untersuchungshaft. Ich rufe Jens und die Staatsanwaltschaft an. Sobald wir die offizielle Genehmigung haben, lassen wir seine DNA mit dem gefundenen Haar in Böttgers Keller abgleichen. Ich wette 30.000 Euro darauf, dass es eine Übereinstimmung geben wird.«

»Alles klar«, erwiderte Lukas.

Draußen ertönte Applaus, was darauf schließen ließ, dass die Feuerwehr Dieter Landgraf mittlerweile vom Dach gesammelt hatte und er auf dem Weg zu sicherem Grund und Boden war.

16. Kapitel

Zwei Tage später saß Maike an ihrem Schreibtisch und tippte den Abschlussbericht. Neben der Genugtuung, wieder einen Täter überführt zu haben, fühlte sie sich bei diesem Fall dennoch ein wenig zwiegespalten.

Es machte einen Unterschied, wenn man Opfer oder Täter persönlich kannte. Dieter Landgraf war ihr nie sympathisch gewesen und sie hatte mehr als einmal Ärger mit ihm gehabt. Aber von der kaputten Heizung, dem klemmenden Fenster und seinem lauten Getrampel mal ganz abgesehen, hatte sie in seinem Haus trotzdem ein Zuhause gefunden. Es war noch nicht geklärt, ob Philipp und sie jetzt dort wohnen bleiben konnten, denn Landgraf stand eine mehrjährige Haftstrafe bevor.

»Maike, der Kaffee ist da«, rief Gabi von nebenan.

Das ließ sie sich nicht zweimal sagen. Ihr kam die Idee, die Bürgermeisterin um Erlaubnis zu fragen, ein Loch in die Rigipswand zu schlagen. Quasi als Durchreiche für den Kaffee. Außerdem brauchte sie kein Büro für sich allein, mit Lukas und Gabi war es viel geselliger.

Bei den beiden angekommen, lächelte sie Gabi dankbar an, schnappte sich ihren Becher und setzte sich ihr gegenüber auf die andere Seite des Schreibtisches.

»Ein Hoch auf die DNA-Analyse«, sagte Lukas und prostete ihnen mit seinem Becher zu, der mit Tee gefüllt war. »Durch das gefundene Haar haben wir Landgraf am Haken.«

»Er ist mittlerweile auch voll geständig«, entgegnete Maike zufrieden. »Ich habe vorhin mit Sandro telefoniert. Durch einen Deal mit der Staatsanwaltschaft wird Landgraf für sein Geständnis Haftminderung in Aussicht gestellt.«

Gabi ging zum Schrank, nahm drei Teller samt Löffel heraus und verteilte sie vor ihnen auf ihrem Schreibtisch. »Ich bin immer noch fassungslos, dass die Ursula und ihr Sohn alle an der Nase herumgeführt haben.«

Lukas rollte mit seinem Schreibtischstuhl zu ihnen heran. »Ihr Auslieferungsantrag wurde gestellt.«

Maike beobachtete Gabi dabei, wie sie einen Karton hervorholte, ihn ebenfalls auf den Tisch stellte und den Deckel lüftete.

»Tada ... Ich habe mich mal an einer Baisertorte versucht.«

Allein bei dem Anblick lief Maike das Wasser im Mund zusammen. Sie hielt Gabi den ihr zugedachten Teller entgegen.

»Weiß jemand, ob Ursula Landgraf inzwischen vernommen wurde?«, erkundigte sie sich.

Lukas schnappte ihr den vollen Teller weg und übergab ihr im Austausch seinen leeren. »Sie ist gestern in Palma befragt worden und nimmt ihren Sohn in Schutz. Sie behauptet, es sei ihre Idee gewesen, ihren Tod vorzutäuschen und die Lebensversicherung zu kassieren.«

»Es wundert mich, dass die damit durchgekommen sind«, sagte Gabi, gab sich auch ein Stück Torte auf den Teller und leckte sich die Finger ab. »Normalerweise sehen sich die Versicherungen die Sachverhalte doch immer ganz penibel an, bevor sie so hohe Geldsummen auszahlen.«

»Die haben keinen Verdacht geschöpft, da die Mutter ihre Lebensversicherungen schon Jahrzehnte zuvor abgeschlossen hat«, erklärte Lukas. »Der Versicherungsmakler war damals auch ein Niederteerbacher. Inzwischen hat die Filiale hier schon lange geschlossen, deswegen ist das wahrscheinlich auch nie genau untersucht worden. Steht alles im Protokoll ihrer Aussage.« Mit dem Teller in der Hand rollte er auf dem Stuhl zurück zu seinem Schreibtisch, tippte mit einem Finger auf die Tastatur und sah auf seinen Bildschirm. »Es gab damals tatsächlich einen schlimmen Badeunfall, bei dem in der offiziellen Version zwei Schwimmerinnen von einer Motorjacht erfasst und durch den Propeller zerhäckselt wurden.«

Maike gab ein Würgegeräusch von sich.

»Die Landgrafs waren damals am Strand und haben es mit angesehen«, fuhr er fort. »Und dann haben sie die Gelegenheit ergriffen. Durch die Strömung wurden die meisten Überreste des Opfers davongetragen und es konnten nur wenige sichergestellt werden. Niemand hat sich die Mühe gemacht, herauszufinden, ob es sich um ein oder zwei Badeopfer gehandelt hat. Landgraf hat angegeben, dass er gesehen hat, wie seine Mutter und die andere Schwimmerin erfasst wurden. Das hat damals niemand infrage gestellt. Die gefundenen

Überreste wurden verbrannt und die Asche an die jeweiligen Familienmitglieder aufgeteilt.«

Gabis Torte war lecker, aber wenn Lukas mit seiner Schilderung nicht langsam zum Ende kam, verging Maike der Appetit.

»Ursula Landgraf hat sich mit dem ausgezahlten Versicherungsgeld unter falschem Namen ein schönes Leben auf der Insel gemacht, und die Hälfte der Summe ihrem Sohn überlassen«, fasste sie zusammen und beendete damit Lukas' Bericht.

»Wenn man sich das vorstellt ...« Gabi schluckte. »Hätte der Oberteerbacher Briefträger die Post nicht fälschlicherweise beim Lindgraf statt beim Landgraf eingeworfen, wären sie wohl nie aufgeflogen.«

Maike leckte sich die Sahne von den Lippen. »Als Ironie des Schicksals wäre Dietrich Lindgraf dann aber auch noch am Leben.«

»Das könnte er auch noch sein, wenn er einfach mit der Karte, als Beweis für den Betrug, zur Polizei gegangen wäre, statt Dieter Landgraf zu erpressen«, warf Lukas ein.

»Oder wenn er sich mit den 30.000 Euro zufriedengegeben und keine weitere Zahlung verlangt hätte«, pflichtete Gabi ihm bei.

Maike nickte. »Hätte, hätte, hätte. Er konnte den Schlund eben nicht voll genug bekommen, und Landgraf wurde klar, dass er immer wieder aufs Neue zahlen muss, solange Lindgraf die Karte besaß. Immerhin hatte der ihm versichert, seinen Frauen nichts davon zu erzählen. Doch schließlich hat Landgraf keinen anderen Ausweg mehr gesehen, als ihn loszuwerden.«

Ihre Gedanken schweiften zur gestrigen Vernehmung im Kölner Polizeipräsidium. Sie sah ihren Vermieter noch vor sich, wie er ihr gegenübergesessen und im Beisein seines Anwalts und der Aussicht auf eine Haftminderung alles gestanden hatte. Blass war er gewesen, schien über Nacht ein Jahrzehnt gealtert zu sein. Er wusste um die Beweislast, war sich darüber im Klaren, dass er so oder so geliefert war. Fast hatte er ihr ein wenig leidgetan.

»Hast du gewusst, dass der Landgraf und der alte Chorleiter Klaus Böttger beide Mitglieder im hiesigen Schachclub sind – besser gesagt, waren?«, fragte Lukas an Gabi gewandt.

Sie nickte. »Mein Harry beliefert den Schachclub immer bei der Weihnachtsfeier mit Essen.«

»Auf jeden Fall hat der Landgraf dort im Vorfeld mitbekommen, wie sauer der Böttger war, dass er seine Stelle für Lindgraf abtreten musste«, sagte Lukas. »Er hat dem Neuen nicht zugetraut, die begehrte Trophäe mit dem Niederteerbacher Chor zu gewinnen, so wie er es die Jahre zuvor geschafft hatte. Und falls doch, wollte er dafür sorgen, dass er wenigstens den Taktstock nicht bekam.«

»Böttger hat vor den Schachkollegen und somit auch vor Dieter Landgraf damit gescherzt, die Zahlenkombination des Schlosses zu ändern, wenn der Koffer vom Rathaus ins Backstage-Zelt gebracht wird«, ergänzte Maike. »Und dabei hat er angedeutet, dass das Geburtsdatum der Bürgermeisterin die Zahlenkombination ist, von der nur sie selbst, der Bürgermeister von Oberteerbach und die jeweiligen Chorleiter wussten.«

Lukas legte die Unterarme auf den Schreibtisch. »Als Böttger sich über den begehrten Taktstock ausließ und meinte, dass das hässliche Ding eher etwas von einer Mordwaffe hat, ist Landgraf auf die Idee gekommen, das für sich zu nutzen.«

»Von dem alten Chorleiter hatte er alle Informationen, die er brauchte«, fuhr Maike fort. »Dietrich Lindgraf würde die Trophäe im Zelt schon bei sich haben, wenn der Chor auf die Bühne lief. Und Böttger hatte durch seinen Rausschmiss ein Mordmotiv. Da er vor anderen seinen Frust geäußert hatte, hatte Landgraf mit ihm den perfekten Kandidaten gefunden, dem er den Mord in die Schuhe schieben konnte.« Maike hob die Hände. »Dumm gelaufen, dass er ein Haar hinterlassen hat, als er Böttger die Tatwaffe unterjubeln wollte.«

Es klopfte an der Tür. Gabi war gerade dabei, sich das zweite Stück Torte zu gönnen, und rief mit vollem Mund: »Herein.«

Zoe trat ein und begrüßte sie alle mit einer Umarmung. Aus ihrer Tasche ragte ein länglicher Gegenstand, sorgfältig eingewickelt in Papier.

»Du bringst den Taktstock echt persönlich vorbei?« Maike deutete darauf und hob die Augenbrauen. »Hat die Graefe dich bestochen?«

Zoe lachte. »Sarahs Ferienjob wird als Praktikum angerechnet, was gut ist für ihren Lebenslauf. Ich wollte ihr Zeugnis abholen und dich besuchen. Und da Frau Graefe wieder mal ihre Kontakte und ihre Hartnäckigkeit hat spielen lassen, hat Sandro Grasso eine Sondergenehmigung erlassen: Der Taktstock darf offiziell an die Graefe übergeben werden. Also dachte ich, ich bringe ihn gleich mit und so haben wir ihn und sie vom Hals.«

»Frau Schwäfel«, ertönte es prompt, und die Bürgermeisterin kam ohne anzuklopfen zur Tür herein. »Ich hab Sie draußen schon vorfahren sehen.« Sie rieb sich die Hände. »Ist der Grund Ihres Besuches der, den ich denke?«

Zoe überreichte ihr das Päckchen. »Im Austausch mit Sarahs Praktikumszeugnis bitte.«

»Hach, endlich«, trällerte die Bürgermeisterin und wollte das antike Stück wie eine Trophäe mit ausgebreiteten Armen entgegennehmen.

»Äh, Frau Graefe«, sagte Zoe und machte keine Anstalten, ihr den verpackten Taktstock zu übergeben. »Das Beweisstück wurde noch nicht von Blut- und Geweberesten gereinigt. Ich lege ihn persönlich in ihre gläserne Vitrine, damit sie ihn anschauen können. Aber bis zum Ende des Prozesses, dürfen Sie ihn nicht anrühren. Das hat der Staatsanwalt so mit Ihnen vereinbart und ich vergebe bis dahin einen neuen Code für das Schloss, den Sie nicht erfahren werden.«

Die Augen der Bürgermeisterin weiteten sich.

»Wenn es unbedingt sein muss«, erwiderte sie, räusperte sich und warf einen wehmütigen Blick auf das für sie so wertvolle verpackte Ding.

Zoe lächelte. »Könnten Sie mir anschließend Sarahs Praktikumszeugnis mitgeben?«

Die Graefe entspannte sich sichtlich. »So ein liebes Mädel, sehr gut erzogen.«

Maike war schon aufgefallen, dass ihre Nichte seltsam gut mit der Graefe auskam. Bisher hatte die Bürgermeisterin allerdings auch noch nichts von der

Knutscherei am Arbeitsplatz von Sarah mit ihrem Assistenten Nicholas von Marking erfahren.

»Oh, die Frau Petzold hat wieder gebacken«, sagte die Graefe, als sie sich gerade der Tür zuwenden wollte, und dabei die Torte erblickte. Sie trat näher an den Tisch heran.

»Möchten Sie ein Stück probieren?«, bot Gabi liebenswürdigerweise an.

»Na, wenn Sie so fragen, natürlich gerne.« Sabine Graefe streifte den Rock ihres beigen Kostüms leicht nach oben und setzte sich mit einer Pobacke auf die Tischkante.

Gabi nahm drei weitere Teller aus dem Schrank und reichte kurz darauf Zoe und der Graefe jeweils ein Tortenstück. »Ich frag mal den Horst, ob er auch etwas davon essen möchte.« Sie verließ den Raum in Richtung der Arrestzellen.

Maike ergriff die Gelegenheit und wandte sich der Bürgermeisterin zu. »Hat sich denn inzwischen bezüglich der Anschaffung von Klimaanlagen und Kühlschränken für die Büros etwas ergeben?«

Sabine Graefe hob das Kinn. »Jetzt, wo wir den Fall aufgeklärt haben, kann ich mich auch wieder solchen Dingen zuwenden.«

»Natürlich, die Wiederbeschaffung des Taktstockes hatte da Priorität«, sagte Maike sarkastisch, nickte immerzu und sah der Bürgermeisterin dabei direkt in die Augen.

»So ist es«, erwiderte diese. Maike konnte nicht sagen, ob sie ihren Sarkasmus nicht bemerkte oder einfach ignorierte. »Frau Kuschel hat mir bestätigt, dass sein Fehlen in der Vitrine das Yin-und-Yang-Verhältnis in meinem Büro völlig aus dem Gleichgewicht bringt. Und wenn der Energiefluss im Rathaus nicht stimmig ist, kann sich das auf ganz Niederteerbach auswirken.«

Lukas verschluckte sich an seiner Torte, Zoe kämpfte mit zusammengepressten Lippen sichtlich darum, nicht zu lachen, und Maike war eher nach Weinen zumute.

»Hallihallohallöle, hier sind ja alle versammelt«, jubelte Horst, der vor Gabi das Büro betrat.

»Dann folgen Sie mir mit unserer Trophäe in mein Büro«, forderte die Graefe Zoe auf. Sie hielt anscheinend nicht viel von Horsts Gesellschaft. »Das Praktikumszeugnis Ihrer Tochter liegt schon auf meinem Schreibtisch.« Die Bürgermeisterin schwänzelte samt Tortenteller zur Tür, drehte sich dort aber noch einmal zu ihnen um. »Im Übrigen werde ich der Wache im nächsten Monat ein bis zwei Praktikanten zur Verfügung stellen. Ihre hervorragende Arbeit muss gewürdigt werden.«

Maike hob die Hand und wollte mehr als einen Einwand vorbringen, doch da war die Graefe auch schon verschwunden.

»Praktikanten? Bei uns?«, stieß Maike aus. »Wir zertreten uns in den kleinen Räumen auch so schon.« Sie sah Gabi und Lukas abwechselnd an. »Eins sage ich euch gleich. Pubertierende sind nichts für meine Nerven, da halte ich mich raus.«

»Ach, komm schon«, warf Zoe ein und lief ebenfalls langsam zur Tür. »Sarah kannst du doch ganz gut händeln.«

»Und sie hat es nur unserer Blutsverwandtschaft zu verdanken, dass ich sie nicht das ein oder andere Mal erwürgt habe.«

»Gabi und ich teilen uns schon ein Zimmer«, sagte Lukas und zeigte auf die Rigipswand. »Da musst du bei dir Platz schaffen.«

»Mein Büro ist praktikantenfreie Zone, ansonsten wandere ich aus.«

»Ich sehe dich sowieso bei uns in Köln«, sagte Zoe. »Jetzt, da deinem Vermieter ein sattes Bußgeld und Haftstrafe drohen, wird er seinen Besitz sicherlich verkaufen müssen.« Sie hob zum Abschied die Hand und schloss von außen die Tür.

Maike lehnte sich zurück und seufzte. »Martin glaubt auch, dass ich ausziehen muss. Dabei habe ich mich jetzt endlich an Niederteerbach und seine unvergleichlichen Bewohner gewöhnt.«

»Nix da, Köln.« Gabi wackelte mit dem Finger hin und her. »Du bist jetzt eine Niederteerbacherin und wirst es auch bleiben.«

»Jawohl«, stimmte Horst ihr zu. »Glaub nicht, dass wir dich wieder hergeben. Für dich finden wir auch noch eine Lösung.«

»Ohne dich können Gabi und ich das tägliche Arbeitspensum gar nicht mehr schaffen«, meldete sich auch Lukas zu Wort.

»Die Bürgermeisterin wird euch doch Praktikanten zur Verfügung stellen«, erwiderte Maike und schaute amüsiert in die Runde.

Epilog

»Unser erstes gemeinsames freies Wochenende geht zu Ende«, sagte Martin und stellte das Autoradio leiser. »Wenn wir unsere Dienste nicht besser aufeinander abstimmen, hätte ich auch in Berlin wohnen bleiben können.«

»Jetzt übertreib mal nicht.« Maike streckte sich auf dem Beifahrersitz. »Immerhin verbringen wir jetzt die meisten Nächte zusammen.«

Sie passierten das Ortseingangsschild von Niederteerbach, was Martin ein leises Seufzen entlockte.

»Du brauchst gar nicht erst wieder damit anfangen. Ich mag das Kaff«, stellte sie klar.

Er schmunzelte. »Womöglich kandidierst du irgendwann noch für das Amt der Bürgermeisterin.«

Sie grinste zurück. »Wer weiß. Aber erst, wenn die Graefe in Rente geht.«

Er lachte. »Du willst dich wohl nicht mit ihr anlegen?«

»Das tue ich doch beinahe tagtäglich«, erwiderte sie. »Aber sie macht ihre Sache bis auf die übereifrigen theatralischen Patzer eigentlich ganz gut.«

»Hört, hört, und das aus deinem Munde.«

»Erzähl es niemandem.« Sie kniff ihm warnend in den Arm.

Er fing ihre Hand ein, legte sie sich aufs Bein und hielt sie fest. »Sonst was? Gibt es dann in Niederteerbach die nächste Leiche?«

»Jetzt, wo du es sagst ... Mein Job wäre eine gute Tarnung.«

Martin parkte auf dem Revierparkplatz. Sie stiegen aus und er kam um das Auto herumgelaufen. »Wäre wohl besser, ich mache nachts neben dir kein Auge mehr zu.« Er legte ihr einen Arm um die Schultern und küsste sie auf die Schläfe.

Sie schlenderten über den Rathausplatz und winkten den Tachmoinern zu, die vor der Fressoase auf einer Bank saßen, obwohl Harry um die fortgeschrittene Uhrzeit bereits geschlossen hatte.

»Die beiden würden dich dann als Täterin überführen«, flüsterte Martin.

»Das glaubst auch nur du. Bruno und Gunnar wären meine Komplizen.«

Als sie sich ihrem Wohnhaus näherten, blickte sie zu den oberen Fenstern hinauf. Es dämmerte bereits und sie bildete sich ein, hinter einer der Glasscheiben Licht zu sehen. Da spielte ihr sicherlich die untergehende Sonne, die sich darin spiegelte, einen Streich.

Es war mittlerweile ein offenes Geheimnis, dass das Haus verkauft worden war. Falls Dieter Landgraf das Gefängnis überhaupt noch zu Lebzeiten verlassen durfte, würde er sich nicht mehr nach Niederteerbach trauen.

Philipp und sie warfen jeden Tag einen Blick in den Briefkasten und rechneten mit dem Schlimmsten. Bis jetzt hatte sich noch nicht herumgesprochen, wer der neue Besitzer oder die neue Besitzerin war und welche

Pläne es für das Haus gab. Sie mussten daher jederzeit damit rechnen, dass ihre Mietverträge gekündigt wurden.

Gabi hatte schon angeboten, dass Maike in dem Fall zu ihr auf den Dachboden ziehen konnte, was Maike mit dem Gedanken an weitere heiße Sommer sofort dankend abgelehnt hatte. Die Graefe hatte vorgeschlagen, in der Pension Raibach ein Dauerzimmer für sie anzumieten, was auch keinesfalls Maikes Vorstellungen entsprach. Allerdings gab es im Dorf keine weiteren Optionen. Es war kaum zu glauben, aber freier Wohnraum war hier rar. Das war jedoch eher den fehlenden Objekten und nicht der Nachfrage zuzuschreiben.

»Ich dachte schon, du tauchst hier gar nicht mehr auf.« Philipp trat aus seiner Wohnungstür, als sie den Fuß in den Hausflur setzte. »Hi«, grüßte er Martin und hob die Hand.

»Soll ich uns einen gemeinsamen Kalender anlegen, damit du genau weißt, wann ich das Haus verlasse und wann ich zu Hause bin?«, fragte sie und machte ein überfreundliches Gesicht.

Philipp konnte nicht ruhig stehen. Es machte den Anschein, als hätte er schon seit Stunden auf sie gewartet. »Du hast alles verpasst«, platzte es aus ihm heraus. »Dieses Wochenende ist der neue Besitzer eingezogen.«

Sie hob eine Augenbraue. »Ach, nee. Und? Wie ist er so?«

Philipp raufte sich die Haare. »Ich bin noch unsicher, was ich von ihm halten soll.« Nun grinste er. »Du sollst dich bitte umgehend bei ihm vorstellen.«

Ihr Blick glitt die Treppe nach oben. »Jetzt noch?«

Philipp nickte. »Er hat darauf bestanden.«

Maike sah ihn und Martin abwechselnd an. »Na, wenn das so ist.« Sie nahm die ersten Stufen und drehte sich um, da sowohl Martin als auch Philipp ihr folgten.

»Das lass ich mir nicht entgegen«, stellte Philipp klar.

»Und ich will mir nur ein Bild von ihm machen«, erklärte Martin. »Wäre ja nicht das erste Mal, dass ihr hier mit einem Mörder unter einem Dach wohnt.«

Maike verdrehte die Augen.

Im Obergeschoss angekommen, betätigte sie den Klingelknopf und betrachtete den mit frischer Tinte geschriebenen Namen. »Von Deich«, flüsterte sie, und während sie den alten Adelstitel noch zuordnete, riss jemand die Tür auf.

»Maikelein, jetzt hast du doch echt meinen Einzug verpasst!« Horst zog sie in eine innige Umarmung.

»Horst? Wie ...?« Sie starrte ihn an.

»Hallo, Maikelein. Da staunst du, was?« Er strahlte übers ganze Gesicht. »Ich konnte doch nicht zulassen, dass du Niederteerbach verlässt.« Er zog sie an der Hand hinter sich her in die voll klimatisierte luxuriöse Wohnung.

»Aber ...« Sie blickte zu Martin und Philipp zurück, die ihr in Horsts neues Zuhause folgten.

»In meiner Villa war es mir eh zu langweilig, da war ich immer so alleine«, sagte er und nahm mit einer Selbstverständlichkeit leere Sektgläser aus dem Schrank, als würde er schon seit Jahren hier wohnen.

Maike ließ sich in den Massagesessel sinken. »Aber, woher nimmst du denn das Geld für dieses Haus?«

Er winkte ab, ging um das Aquarium herum in die Küche und öffnete den Kühlschrank. »Ich hab was auf der hohen Kante, meine Vorfahren waren stinkreich.« Er ließ den Korken einer Sektflasche knallen und kam zu ihnen zurück. »Und mein Job als Wetteintreiber hat mir auch ordentlich was eingebracht. Also wenn du mal Geldprobleme hast, Maikelein, dann sagste mir Bescheid.«

Ihr stand der Mund offen.

»Aber jetzt stoßen wir erst einmal an.« Er goss den Sekt in die Gläser und reichte ihr eins. »Auf gute Nachbarschaft.«

»Auf gute Nachbarschaft«, erwiderten Philipp und sie im Chor und hoben die Gläser.

Martin prostete Horst ebenfalls zu.

»Wenn ich mal schwer die Treppe hochkomme, müsst ihr mir helfen«, sagte Horst zwischen den zwei Schlucken, mit denen er sein Glas leerte. »Und morgens kann ich gleich mit dir auf die Wache gehen, Maikelein. Du an deinen Schreibtisch und ich in meine Zelle.« Er lachte verschmitzt und schenkte sich nach. »In deinen Hafen werf ich meinen Anker ...«

Maike setzte ein verkrampftes Lächeln auf. In einem war sie sich sicher: In Niederteerbach würde ihr nie langweilig werden.